與鳳行

LEGEND SHENLI

上卷

九鷺非香 著

「我約莫是
看上你了。」

與鳳行

目錄

005 楔子

009 第一章 做為一隻禿毛雞，沈璃壓力很大

049 第二章 高深莫測的凡人行雲

079 第三章 堂堂碧蒼王為個凡人臉紅了

121 第四章 血色之夜的表白

171 第五章 神君行止

205 第六章 碧蒼王的日常：吃飯，睡覺，打妖獸

225 第七章 被喚醒的墟天淵封印

267 第八章 花名遠揚的拂容仙君

楔子

雷聲沉悶，烏雲之上氣氛更為沉重。

「魔君有令，著碧蒼王速與我等回宮！」

被金色髮帶高束起來的長髮隨風而舞，衣袂翻飛間，被喚為「碧蒼王」的女子緩緩道：「本王不回。」她的束身黑袍上繡著張揚的牡丹，一如她的音色，有著女子少有的英氣和魄力。「誰的令也沒用。」

「如此，王上休怪我等得罪。」為首的灰衣男子手一揮，兩道人影自他身後竄出，呈三角之勢將沈璃圍在其中。

「敢攔本王，有膽色。」沈璃目光一凜，一桿紅纓銀槍在掌中一轉，槍刃劃出銀色弧線，殺氣自她周身澎湃而出，震盪衣角。「儘管來戰！」

為首的男子與另一人互望一眼，顯得有幾分忌憚，而立在沈璃右後方的人卻倏地拔劍出鞘，攜著凌厲的攻勢而去。

「墨方休要衝動！」為首之人一聲大喝，但哪兒還喚得住。沈璃眉一挑，手中銀槍沒半分猶豫，迎上前去，只聽「叮咚」一聲，兵器相接的脆響攏著激蕩而出的法力撼動四方。

餘下兩人一咬牙，唯有提刀跟上，對沈璃形成圍攻之勢。

此三人中的任何一位都是能在魔界叫得出名號的人，但他們與沈璃對敵仍覺吃力。可到底是雙拳難敵四手，沈璃又無法下狠手殺了他們，以致她的法力雖強過三人，但在合圍之中難免落了下風，不一會兒便露出破綻，墨方毫不留情地執劍刺去，竟是向著她心臟的方向！

一人大喝：「墨方！不可傷王上性命！」

墨方不理，劍尖破開衣袍，扎入血肉，勁力大得逕直將沈璃的身體推出三人合圍的陣勢。沈璃大怒：「你小子出息！不愧是我帶出來的兵！下得了狠手！」墨方不言，只是身子微微一偏，在背後兩人都看不見的角度，主動將頸項往沈璃的槍刃上一送，鮮血在空中飄散，溼膩的血水之間，沈璃瞪大眼不敢置信地問他：「作甚？想嚇死本王!?」

「王上。」墨方聲音低沉，「墨方僅能助妳至此。保重。」言罷，他用盡全力推了沈璃一把。偏離了心臟的劍被拔出，鮮血噴湧之際，她的身體急速墜下雲端。而傷重的墨方卻被另外兩人接住，他不知與他們說了什麼，三人身影一閃，消失了蹤影。

電閃雷鳴之中，沈璃明瞭，原來墨方是在幫她。或許他知道，此時此刻，她寧死也不願回魔界地宮。

好小子！真不愧是她帶過的兵，夠義氣！

第一章

做為一隻禿毛雞，沈璃壓力很大

黑雲突如其來欲摧城，雲中雷霆滾滾。城鎮中，人們皆足不出戶，唯有城西一處普通民宅的主人推開後院的門，院中修竹與藤架被大風吹出簌簌聲響，他的髮絲與衣襬如同飄落的竹葉一樣隨風飛舞。

「天氣……變得糟糕了啊。」他仰望天空，脣角揚起一絲弧度，但見黑雲之處有一點銀光慢慢墜下，消失在城外山野之間，「有變數。」

第二日，行雲身著青衣白裳走過熱鬧集市，嘈雜中彷彿有一個聲音在召喚著他，讓他不由自主地腳步一頓。「賣雞了，肥雞啊！」攤販招呼的聲音在行雲耳中格外響亮，他腳尖一轉往那個方向走去。

雞簍之中，十幾隻雞擠在裡面，其中有一隻無毛的雞格外醒目。只是牠的精神看起來極其不好，低眉垂眼，一副快死了的模樣。行雲目不轉睛地盯了牠許久，然後笑道：「我要這隻。」

攤販應了一聲：「唉，這隻雞太醜，要的話我就給你算便宜點……」

「不用，」行雲摸出錢放在攤販手中，「牠值這個價，賣便宜了牠會不高興。」

雞還會生氣？攤販撓頭，目送他走遠，轉頭攤開手掌一看，愣了許久，忽然大喊：「欸！公子你給的這些錢不夠買那隻肉雞啊……欸！那位公子！欸！喂！哎呀！小混蛋你給老子站住！你錢給少了！」

而行雲早已不見了蹤影。

世界混沌一片，迷迷糊糊之中，沈璃看見滿臉鬍碴的粗壯大漢向自己走來，他毫不客氣地將她拎住，奸惡地一笑。

「狗膽包天的傢伙！放開本王！」沈璃的皮膚火辣辣地疼起來，她拚命掙扎，用盡全力想要逃跑，可太過虛弱的她還是被人從背後緊緊地扭住胳膊，綁住雙腿，然後……拔光了渾身的羽毛。

混帳東西！有膽解開繩索與她一戰，她定要戳瞎這沒見識的凡人的一雙狗眼！

被惡夢驚醒，沈璃粗粗地喘著氣，緩了好一會兒，她才在青草地上慢慢抬起頭，左右一打量，這好似是哪戶人家的後院，有用石子砌出來的小池塘，有剛發了嫩芽的葡萄藤，藤下還有一把竹製搖椅，上面懶懶地躺了一個男子。不是滿身橫肉的獵人，也不是一臉猥瑣的雞販，而是一個青衣白裳的白淨男子，他閉著眼，任由透過葡萄藤的陽光斑駁地落他一身。

沈璃不適時地呆了一瞬，即便見過不少美男子，但擁有這般出塵氣質的人，即便是天界的神仙也沒有幾個吧……沈璃轉開目光，現在可沒時間沉迷於美色，沈璃知道，若她在一個地方待久了，必定會被人發現，她得趕快走。

「啊，起來了。」沈璃還沒站起身來，便聽見男子帶著初醒的沙啞道：「我還以為會死掉呢。」沈璃轉過頭，只見男子坐在搖椅上，連身子也沒挪一下，望著她一笑，隨手將手裡的饅頭屑往她這個方向一撒，然後嘴裡發出了賤賤的逗雞聲：「咯咯噠。」

逗……逗雞！

沈璃霎時僵住，她原身雖是鳳凰，但自打出生便是人形，且銜上古神物碧海蒼珠而生，自幼便極受關注。在她五百歲時第一次立戰功之後，魔君便封她為碧蒼王，此後她更是殊榮加身，放眼魔界，誰敢輕慢她一句!?今日……今日她這魔界一霸竟被個凡人當家禽調戲！簡直是奇恥大辱！

沈璃咬牙努力地想站起來，但她不承想，墨方在她心臟旁扎的那一劍竟是如此厲害，讓她到現在也無法動彈。她躺在地上抽搐了好一陣，憤恨之餘又無奈至極，但她抬頭一望，男子眉眼彎彎，又對她招了招手。「雞來雞來。」

來你大爺！沈璃暴怒而起，拚命往上一竄，蹦躂起來，可撲騰了不到一尺的高度便狠狠摔在地上，尖喙著地，剛好戳在一塊饅頭屑上。

「莫急莫急，這兒還有。」男子說著，進屋拿了一個大饅頭出來，在她面前蹲下，遞給她，溫和一笑，「給。」

「誰要你施捨了！」沈璃恨得咬牙切齒，但形勢逼人，她只有雙眼一閉，用喙在地上戳了個洞，將腦袋塞進去，恨不得把自己埋在裡面，死了算了。

男子盯著她光禿禿的頭頂，倏地脣角一勾，笑道：「不吃嗎？那先洗個澡好了。」說著，將她兩個翅膀一捏，拎著她便往池塘那邊走去。

「咦……等等！什麼情況！洗澡？誰說要洗澡了！混帳東西！放開本王！只要你敢動本王一根毫毛！一根毫毛……」沈璃愣愣地望著池塘倒影中的自己……真是一根毫毛……也沒有了……

昨日她被墨方那一劍扎回原形，落入山野林間，被獵人撿到。她知道自己那一身金燦燦的毛被人拔了去，但萬萬想不到的是那糙漢子一樣的獵人竟如此過分地心靈手巧啊！這是將她拿到滾水裡去燙了一遍吧⁉渾身上下一根毛也沒有了啊！一根也沒了啊！他到底是怎麼做到的啊⁉

沈璃欲哭無淚，她恍然記起前些日子自己還在笑朝中一個文臣謝頂，她那時糊塗，不明白他為何會哭。現今真是恨不能把那時的自己戳成篩子，是她嘴賤，今日遭了報應了……

「洗澡囉。」還不等沈璃將自己的造型細細品味一遍，男子突然手一甩，逕直將她扔進池塘裡。

一落下去，沈璃便嗆了幾口水。生存的欲望讓她兩隻沒毛的翅膀不停地撲騰，男子本還在笑她膽小，但見沈璃撲騰得實在厲害，眉頭一皺，苦惱地問：「咦，你不會水嗎？」

沈璃心道：「你家雞會水嗎!?你到底是多沒有常識啊！」

重傷在身，沒有法力，這般折騰了一會兒，她已經撐不下去了。就在她以為自己今日會被一個凡人玩死在手裡的時候，一根竹竿橫掃而來，忽地把她挑起，撈到池塘邊上。男子蹲下身，意思意思地按了按她光溜溜的胸脯。「保持呼吸，不要斷氣，這樣你就能活下來了。」

溼漉漉的身體不受控制地抽搐著，昏迷之前，沈璃目光死死地瞪著他。這傢伙是故意折騰她的吧？絕對是故意的吧！

眼瞧著沈璃兩眼一翻暈死過去，他只是淡淡一笑，戳了戳她光禿禿的腦門道：「做人得禮貌，吾名行雲，可不是什麼『傢伙』。」

沈璃再醒過來時，已是第二日的清晨了，在晨曦的光芒中，她正好瞧見那人正趴在池邊掐饅頭餵魚。他好似喜歡極了這一池魚，衣袖浸在水中也全然不知，側臉在逆光之中竟有幾分難以描繪的神聖。

神聖？一個凡人？

被他折騰的記憶鋪天蓋地而來，沈璃使勁眨了眨眼，甩掉眼中的迷茫，換以戒備的眼神。

許是她的目光過於專注灼人，行雲倏地扭頭瞥了她一眼，淡淡道：「我叫行雲。」就像是故意強調的一樣。沈璃一怔，卻見行雲拍了拍衣袍站起來，一邊捶著麻掉的腳，一邊嘀咕著：「啊，該喝藥了。」然後一瘸一拐地進了屋，姿態甚至彆扭得有些滑稽。

沈璃覺得她之前眼神肯定是出了什麼問題，這種人哪兒來的神聖出塵，他明明就……普通極了。

懶得繼續在一個凡人身上花心思，沈璃動了動腦袋，試著站起身來。她本以為照著昨日的傷勢來看，現在肯定站不起來，然而這一試卻新奇地發現自己經過那般折騰，體力竟恢復得比往常還快些！

沈璃沒有細想，當即便用氣息往體內一探，她失望嘆息，果然法力是不可能恢復得那麼快的……不過這樣也好，魔界的人暫時無法探出她的氣息。但依魔君的雷霆手段，找到她只是遲早的事，到時候她若還沒恢復法力……

「咯咯噠，來。」

沈璃正想著，忽聽得背後這聲召喚，她怒而轉頭，卻見青衣白裳的男子坐在青石板階上，向她遞出了一個白麵饅頭。「吃飯囉。」

沈璃心中一聲冷哼，扭頭不理，但恍然記起她昨日受的罪好似皆因不肯吃飯而起。她身子一僵，琢磨了半晌，終是一咬牙，梗著脖子，極不情願地邁著高傲的步伐走到男子跟前。

嗅到他身上飄散出來的淡淡藥香，沈璃這才仔細看了行雲一眼，見他脣色隱隱泛烏，眼下略有黑影，乃是短壽之相。

甚好！沈璃心想，這凡人雖看到她許多醜態，但好在命短，待他死後輪迴忘卻所有，她依舊是光鮮的碧蒼王，不會有任何汙點。如此一想，她心一寬，伸脖子便啄了一口饅頭，軟糯的食物讓沈璃雙眼倏地一亮，這……這饅頭，好吃得一點也不正常！

沒等男子反應過來，沈璃張著大嘴將饅頭搶過，放在乾淨的青石板上便狼吞虎嚥起來。

魔族不比天上那幫不需要吃喝也不會死的神仙，他們和人一樣，也需要食物。但沈璃素來只愛吃葷，半點素也不沾，能讓她吃饅頭，著實不易。

將饅頭屑也啄食乾淨，沈璃這才抬頭看了行雲一眼。卻見身旁的人以手托腮，目光輕柔，似笑非笑地望著她。其實這本是極正常的一個瞧寵物的眼神，但沈璃一時不慎，竟被這平凡眼神瞧得心口一跳，她有些不自在地扭開了頭。

魔族的文臣怕她、武將敬她，別的男人離她三步遠就開始哆嗦，誰敢這樣看她。可悸動也只有一瞬，沈璃畢竟是一個見慣了風雨的王爺，她迅速拔出了心口冒出的小芽，給予它不人道的毀滅，然後用光禿禿的翅膀毫不客氣地拍了拍行雲的膝蓋，又用喙戳了戳剛才吃饅頭的地方。

「嗯？還要一個？」行雲一笑，「沒了，今天只做了這麼多。」

言罷，他起身回屋。沈璃一愣，急急地跟著他走到屋子裡去。真是放肆，竟妄想用一個饅頭打發她！說什麼也得拿兩個！

她跟在行雲腳邊追，可她現在體力不濟，光爬個門檻便喘個不停，唯有眼巴巴地望著行雲拎上包袱走過前院，推門離去，只留下一句淡淡的：

「咯咯噠，好好看家，我賣完身就回來。」

混帳！竟敢將她當看門狗使喚！

不對……等等，她愕然盯住掩門而去的男人的身影，他剛才說賣……什麼？

沈璃趴在地上將屋子裡打量了一番，這人生活過得不算富裕，但也並不貧窮，他堂堂一個七尺男兒，好手好腳，什麼不能做？竟要……啊，對，說不準人家偏好這口。

沈璃恍然了悟，但望了望外面的天色，她不由得皺了眉頭，這種生意在白天做真的好嗎……罷了，架不住人家喜歡。她也就在這裡養幾天傷，隨他去吧。

沈璃將腦袋搭在後院門檻上休息，院裡的陽光慢慢傾斜到下午的角度，耳朵裡一直有葡萄藤上的嫩葉被風搖晃的聲音，這樣舒坦的日子已闊別甚久，沈璃一時竟有些沉迷了。腦子裡那些繁雜的事幾乎消失不見，正當她快睡著之時，一聲細微的響動傳來。

久經沙場的人何其敏感，沈璃當即一睜眼，雙眸清冷地望著傳來聲響的地方。只見一個布衣姑娘從院牆外探出個頭來，左右一瞧，動作笨拙地爬上牆頭，但她騎在牆上又不知該怎麼下來，最後急得沒法，身子一偏，重重地摔了下來。

摔得結實。沈璃心想，這麼笨還做什麼賊啊？東西沒偷到，能將自己先玩死。

那布衣姑娘揉揉屁股站起來，逕直往屋裡走，沈璃悄悄退到暗處。卻見她找出了掃帚和抹布，沉默又俐落地打掃起屋子來，待將屋子收拾得差不多了，她又開始擦桌子，然而擦著擦著，她的眼淚便開始啪噠啪噠地往下掉，最後她趴在桌上大聲哭了起來。

沈璃費了很大力氣才隱約聽到她嗚咽著說什麼「再也見不到了」之類

的話，這約莫是喜歡行雲的姑娘吧。沈璃心裡正琢磨著，卻見那姑娘哭夠了，用抹布將落在桌子上的眼淚一抹，轉身欲走。

其時，過於專心打量她的沈璃還沒來得及找地方躲起來，兩人便打了個照面，對視了許久。沈璃本想著，如今自己被打回原形，應當不會引起什麼不必要的誤會，哪承想那姑娘竟逕直沖她走來，嘀咕道：「行雲哥真是的，拔了毛的雞怎麼還放出來跑呢？可得趕緊燉了。」她一抹淚，「也算是給你做頓告別飯吧。」

「做妳大爺啊！誰要妳多管閒事啊！」沈璃聞言大驚，她現在法力全無，要真放鍋裡燉了，那還了得！她扭身就往屋外跑。姑娘也不甘示弱拔腿就追。「哎呀，跑髒了不好洗！」

沈璃此時真是恨不得噴自己一身糞，她願意髒到死好嗎！

沈璃體力不濟，好在那姑娘動作也挺笨，她仗著一些格鬥技巧，險避過幾次奪命手，然而兩隻爪始終跑不過腳，眼瞧著身後的姑娘追出火氣，要動真格了。沈璃撲扇著翅膀欲飛，但沒毛的翅膀除了讓她奔跑更艱難以外，根本什麼作用也沒有！

沈璃是連鑽狗洞的心都有了，偏偏行雲這院子修得該死地紮實，牆根處別說洞了，連條縫也沒有！她從沒感覺這麼難堪、悲傷和絕望過，她發誓！血誓！若今日她被當雞燉了，她必成厲鬼，殺上九十九重天，劈頭蓋臉吐天君一身血！若不是那門婚事，她豈會落到這個下場！

沈璃腦中的話尚未想完，翅膀一痛。布衣姑娘大力地將沈璃拎了起來，雙手扣住她的翅膀，任憑沈璃兩條腿如何掙扎也沒有鬆手。

「哼，你這野雞，看我不收拾你。」姑娘逮了沈璃便往廚房走去。

沈璃快把骨頭都掙斷了，被按到案板上的那一刻，沈璃恍然憶起以往在戰場上她對敵人刺出銀槍之時，原來……弱者是這樣的感受……

「嗯？這是在做什麼？」

男子平淡的聲音不適宜地出現在此刻。

沈璃不經意地一扭頭，在生死一線之際，青衣白裳的男子倚在門邊，背後的光彷彿在他身上鍍了一層慈悲的光暈。菜刀在沈璃的眼前落下，嵌入砧板，也隔斷了她的視線。

布衣姑娘一反方才凶悍的姿態，雙手往後一背，扭捏地紅了臉。「行雲哥……我……嗯，我就是想來看看你。這隻雞拔了毛，再不燉就死了，到時候不好吃。」

沈璃連抽搐的力氣也沒有了，真如死了一般躺在砧板上。

「這隻不能燉。」隨著話音落下，沈璃被抱進了一個暖暖的懷裡，淡淡的藥香味灌滿了鼻腔，她竟恍然覺得這味道好聞極了。

「啊……呃，對不起，我不知道。我只是想在臨走時給你留個什麼東西……」布衣姑娘的手指在背後絞在一起，眼眶微微泛紅，「明日我便要隨爹南下經商，可能……可能再也不會回來了。以後再也見不到行雲哥……」

「嗯，平日裡我也沒怎麼見過妳。」行雲聲音平淡。布衣姑娘的眼淚積聚在眼眶，臉頰也紅得與眼眶一樣。「不是的！我每天都能看到你！每天都能看見，悄悄地……」她的聲音顫抖，沈璃聽罷也不忍心再怪她什麼，不過是個痴兒。

「哎呀，那真是糟糕，我一次都沒看見過妳，一次都沒有，唉。」

沈璃駭然張開嘴，啞口無言。這是一個男人在這種時刻該說的話嗎!?還特意強調一遍，他與她是有多大的仇。

姑娘果然臉色煞白，只見行雲笑容如常。「你這是來要餞行禮的嗎？嗯，我也沒什麼好送你的，如果妳不嫌棄……」

「不用。」姑娘忙道：「不用了。」她捂住心口，神色慘淡，踉蹌而去。

行雲揮了揮手：「慢走。」緊接著便毫不留戀地轉身，扔了沈璃，一邊鼓搗著鍋碗瓢盆，一邊挽袖子道：「做飯吧。」

沈璃趴在地上，眼瞧著那姑娘走到門口仍舊依依不捨地回頭張望，終是抹了把鼻涕，埋頭而去。沈璃一聲嘆息，這姑娘笨是笨了點，性子也太過執著，但卻是專一的，怎生就喜歡上了這麼一個做皮肉生意又不解風情的男人呢？

鼓搗鍋碗瓢盆的聲音一頓。「嗯？做什麼生意？」

這不是才賣完身回來嗎，還能做什麼生意？

沈璃心裡剛答完這話，驚覺不對，她猛地扭頭一望，行雲正挑眉盯著她，沈璃訝異，他……他在和她說話？

「哎呀。」行雲一愣，倏地搖頭笑了起來，「一個不注意，被妳識破了。」他蹲下身來，直視沈璃的眼睛，「我賣身怎麼了？」

沈璃哪兒還有心思搭理他，只顧愕然，他真的在和她說話！沈璃驚得渾身抽了三抽，這傢伙難道從一開始就能讀出她的心聲嗎？還是說他一開始就知道，她不是雞？那他其實是在玩她嗎……

「沒錯。」行雲瞇眼笑，「在玩妳。」

沈璃渾身一震，面對這麼坦然的挑釁，她一時竟愣住了。

「還有，吾名行雲，好好稱呼我的名字。另外，我賣身又如何？」

賣……賣身又如何，玩她又如何！這傢伙把貞操和節操全都吃了嗎！居然能這麼淡定地說出這種話！何方妖孽啊！

「不過就賣賣身玩玩妳，竟是如此罪大惡極的事嗎？」行雲一副息事寧人的態度，「好吧好吧，下次不讓妳察覺到就好了。」言罷，他輕輕戳了戳沈璃的腦袋，站起來繼續做飯。

沈璃卻拚盡全力往廚房外爬去，這人太危險了，她必須得換個地方養傷，不然照這趨勢養下去，非死不可啊！

奈何沈璃如今體力消耗殆盡，費力爬了許久，只爬到前院就全然沒了力氣，大門近在咫尺，她卻怎麼也無法搆到。黃昏的光慘淡地灑在她光禿禿的背上，只聽行雲一聲吆喝：「吃飯囉。」然後她便被一把拎到後院，放到一碗燴飯前。

罷了……先吃飽了再說吧。

這夜月色朗朗，沈璃好似做了一個夢，她恢復了人身，躺在葡萄架下，寒氣伴著月光融進不著寸縷的肌膚，她忍不住抱住自己赤裸的手臂。其時，一條被子從天而降，蓋在了她身上，隨之而來的溫暖和淡淡的藥香讓她忍不住翹了翹唇角，她拽住被子的邊緣蹭了蹭，陷入更深的夢鄉中。

「嗯。」行雲幫沈璃蓋上了被子，在她身邊坐下，伸手拽住了她披散在地的黑色髮絲，笑道：「毛髮倒是旺盛。」他目光往下，停留在她的五官上，細細一打量：「容貌也還算標致，倒是個不錯的姑娘。」

三月天，夜猶長，公雞報曉時天仍未亮，沈璃卻猛地自夢中驚醒，只因察覺到了細碎的腳步聲，然而她睜眼的一瞬卻發現自己不知什麼時候被一塊布罩了起來，她大驚，這莫不是魔君的乾坤袋將她擒了吧！

一陣驚慌的掙扎後，她終於呼吸到了外界的空氣。沒有魔君，也不是追兵來了，她仍舊睡在葡萄架下，也仍舊是沒毛的野雞樣。空氣中露氣正濃，有細微的聲響從前院傳來，沈璃戒備地往前院走去。

院門微開，外面有嘈雜的響動，沈璃偷偷將腦袋從門縫中探了出去，火把的光照亮巷陌，兩輛馬車停在巷裡，昨日見到的布衣姑娘正和她娘站在一起。家裡的男丁正往馬車上裝放東西，而行雲正在其中幫忙，待東西都裝放好後，別人都陸陸續續上車，只有那姑娘和她娘還站在外面。

「行雲，你爹娘去得早，這些年雖為鄰里，但我們也沒能幫得上你什麼忙，現在想來很是愧疚，此一去怕是再無法相見，你以後千萬多多保重。」

「大娘放心，行雲知道。」他笑著應了一句，中年女子似極為感懷，一聲嘆息，掩面上車。獨留小姑娘與行雲面對面站著。

姑娘垂著頭一言不發，火把上跳躍的光芒映得她眼中一片瀲灩。

「此時南行，定是遍野桃花。」行雲望向巷陌的盡頭，忽然輕聲道：

「我非良人。」這四字微沉，沈璃聞言，不禁抬眼去望他，在逆光之中的側顏帶著令人心動的美，但他眼中卻沒有波動，不是無情，是真的生性寡淡。沈璃愣愣地打量著他，忽然覺得，這人或許比她想像的還要複雜很多。

那姑娘聽罷這話，倏地眼眶一紅，兩滴清淚落下，她深深鞠躬道別：「行雲哥，保重。」

這一去，再無歸期，從此人生不相逢。沈璃一聲喟嘆，但見行雲目送馬車行遠，轆轆車輪聲中……

轆轆車輪聲中她跑路的聲音也不會那麼明顯，是吧？

沈璃眼眸倏地一亮，左右一張望，四下無人，只有行雲仍在目送舊鄰。沈璃擠出門縫，向著小巷延伸的方向發足狂奔而去。

奔至街上，其時，大街上已有小販擺出了早點。沈璃往後一望，沒見行雲跟來，她長舒一口氣。這個行雲太過神祕，聽得懂她說話，但卻半點也不害怕她，她現在重傷在身，又要躲避魔界追兵，實在沒有精力與他磨，等等……重傷在身？沈璃奇怪地抬了抬翅膀，就昨天那一番折騰來說，現在是哪兒來的力氣支撐她這一路狂奔的？

仔細一想，好似昨日早上醒來的時候也是這樣，體力恢復得極快。難不成是那個行雲對她做了什麼？還是因為吃的東西有問題？想起那個好吃得不正常的饅頭和昨晚那碗太香的燴飯，沈璃不自然地伸了伸脖子，嚥了口唾沫。

「哪裡來的怪雞！」背後忽然傳來一個漢子的粗聲：「跑到道中央來，是要我拎了去打牙祭嗎？」

沈璃一扭頭，看見背後的彪形大漢伸手要拽她的翅膀。有了昨天的經驗，她豈會那麼容易被人捉住，當即脖子一扭，狠勁啄了伸過來的大手一口。大漢一聲痛呼，怒道：「雞！看我不折了你脖子！」

沈璃身形一閃，往街旁攤販的桌下鑽去，大漢怒而追來，撞翻了小攤，攤販不依，與他吵鬧起來。沈璃趁此機會在各個小攤下穿梭，前方被木板擋了路，她不過停了一瞬，脖子便被捏住，然後整個身子都被拎了起來。「別吵啦別吵啦，這隻雞在這裡。」另一個小販拎著沈璃便往那邊走。

沈璃憋了一口氣，爪子一抬，在那人的手背上拉下三道血痕。「啊！好野的肉雞！」那人吃痛，倏地鬆手。沈璃落在地上，哪兒還有工夫理他的喝罵，就地一滾，箭一般地拐進一條小巷中，直到身後沒人追來她才停下來，趴在地上喘氣。

做一隻凡雞，真是太不容易……

她正想著，背後的院門「吱呀」一聲打開，一盆夾帶著泥沙和菜葉的水「嘩」地潑了她滿身。「今天街上好熱鬧啊。」女人的聲音響起，沈璃感覺到爛菜葉從自己頭頂滑下，「啪嗒」掉在地上，她愕然中帶著即將噴發而出的憤怒，慢慢扭頭望向背後的年輕婦人。

這往她身上潑的是什麼玩意……

真是……放肆極了！

兩隻眼睛對上婦人的眼瞳，高度差讓沈璃倏地反應過來自己如今的身分，結合昨日與今日的遭遇，沈璃心中剛道一聲「糟糕」便被婦人拎住了翅膀。「誰家養的雞啊？這毛都拔了怎麼還放出來？」

沈璃蹬腿，死命掙扎，卻見一個男人從家裡走了出來。「隔壁沒人養雞啊，不知從哪兒跑來的就燉了吧。正好今天活兒多，晚上回來補補。」

「燉你大爺啊！」沈璃怒得想罵天，「不要一看到雞就想吃好嗎！好歹是條命，你們怎麼人人都說得這麼輕巧啊！」

男人理了理衣服要出門，婦人將他送到門口，出門前，男人伸手摸了摸婦人的頭。「娘子今日又該辛苦了。」

婦人臉一紅，手一鬆，沈璃抓住機會回頭咬了她一口。婦人一聲驚呼，沈璃掙脫束縛落在地上，然後亡命一樣往外奔逃而去，留那夫婦倆繼續情意綿綿。

一路奔逃，直至午時，行至城郊，沈璃至少遇見了十個要捉了她吃掉的傢伙。她實在跑不動了，又累又餓，一屁股甩在河邊草地上坐下，腦袋搭在河裡喝了兩口水，然後靜靜望著烏雲密布的天空，眼瞧著一場春雨就要降下。

「你是想玩死我是吧？」她這樣問蒼天，聲音淒涼。

春雷響動，雨點淅淅瀝瀝地落下，沈璃費力地撐起身子，想去找個避雨的地方。一轉頭，卻見那個青衣白裳的男子背著背簍站在河堤上，四目相對，沈璃一時間竟情不自禁地有些感動。就像在地獄十八層走過一遭，恍然間又見到了陽光下的小黃花那般被撫慰了心靈。儘管堤上那人遠勝小黃花，儘管這一人一雞的對視讓畫面不大唯美。

隔著越發朦朧的雨幕，行雲盯著一身塵土的沈璃許久，倏地埋下頭，不厚道地掩唇笑了起來。

這……這絕對是嘲笑！

「笨雞。」行雲如是嘀咕著，卻從背後的背簍裡拿出了一把油紙傘撐開，然後一步一步慢慢向沈璃走來。沈璃已無力逃跑，也無心逃跑了，雖不知這行雲到底是個什麼東西，但對現在的沈璃來說，最壞的結果不過是被燉了，在行雲這裡，好歹死前她能吃點好的。

油紙傘在頭頂撐出一片晴朗。「咯咯噠，我還以為妳跑了就不會回來，原來，妳竟是在這裡等我歸家嗎？」沈璃下垂著腦袋不理他。行雲不嫌髒地將她拎起來放進自己的背簍裡，「妳還真是有本事，僅半天時間竟能將自己弄得如此狼狽，好功夫。」

「嘍！走你的路吧！」沈璃忍不住喝斥道：「嘍！」廢話真多。

行雲悶笑，不再開口。一把油紙傘將頭上的雨水完全遮擋，沒有一滴落在沈璃光溜溜的身上。

累了大半天，沈璃隨著他背簍的顛簸，沒一會兒就睡著了。然而沒睡多久便被一股涼意驚醒，她下意識地渾身一抽，爪子一伸，張嘴就要咬人。

「妳這肉雞好生剽悍。」行雲拿著瓢微微往後退了一步。

沈璃甩了甩兩隻肉翅上的水，戒備地瞪著他。「作甚？」

「能作甚？」行雲笑著問她，「妳髒得和土裡剛挖出來的東西沒兩樣，我把妳和它們一起洗洗乾淨，不然，妳還是比較喜歡去池塘戲水？」

沈璃往旁邊一瞧，發現自己正與一堆野山參待在大木盆裡，她用爪子刨了刨土疙瘩一樣的野山參，行雲一把抓住她的爪子道：「輕點，破了相賣不上價。」

「你……賣的是這種參？」

「不然是哪種？」行雲將她的爪子拉住，用一旁的菜瓜布搓了搓，洗乾淨後又抓住了另外一隻。彷彿想到了什麼，他動作一頓，笑咪咪地望著沈璃，「妳以為是哪種？」

過近的距離，太美的面容，讓沈璃的心臟倏地漏跳了一拍，看著行雲脣邊的笑容，沈璃竟一時有種被調戲了的感覺。碧蒼王惱羞成怒，大喝一聲：「放肆！」尖喙往前一戳，逕直啄在行雲的鼻頭上，行雲毫無防備，被戳得往後一仰，退了好幾步才穩住身子，捂著鼻子好一會兒沒抬起頭來。

沈璃心中本還存著一股惱怒的氣，但見行雲一直垂著頭，她又琢磨著是不是自己下嘴重了，要是把他戳出個好歹來該如何是好？而且……如果他要對付現在的自己……沈璃默然。

沈璃正茫然之際，行雲的肩卻微微顫動起來。沈璃莫名其妙地看著他，竟是聽到他的笑聲，沈璃愈發愕然，她的喙有毒嗎？這是把他啄傻了？

行雲放下手，頂著紅腫的鼻頭，不怕死地走過來，輕輕拍了拍她的腦袋。「好功夫啊。」他半點不氣，拿了菜瓜布繼續在一旁刷野山參。

沈璃奇怪地在木盆裡坐下，第一次這麼看不懂一個人……

「笨雞。」伴著這聲低語，沈璃一抬頭，一團溼答答的泥團「啪」地甩了她一臉。泥漿流下，堵住了沈璃不大的鼻孔，她忙張嘴呼吸，但泥沙又鑽進了嘴裡，沈璃咳得在盆裡打滾。

行雲繼續坦然地洗野山參。

這傢伙……這傢伙就是一個小孩啊！報復心超重的小屁孩啊！

沈璃決定在行雲家暫住下來，原因有二：其一，在這裡她的體力恢復得極快，不過兩三日的時間，墨方在她身上留下的傷對她的行動全然沒了影響；其二，她不想被人逮著燉了。

讓沈璃愁的是自己的法力不知何時能恢復，不知道什麼時候恢復人身，就不知道什麼時候能離開這裡，也不知道魔界追兵什麼時候會趕來。不過好在天上的時間總比人界過得快，這為她贏得了不少時間。

「吃飯了。」行雲在屋裡一聲呼喚，沈璃蹦躂到飯桌邊上坐著。

沈璃認定是行雲做的食物讓她的體力恢復得如此快，所以每日都將他做的東西吃得乾乾淨淨，只是……「為什麼又是饅頭？」沈璃盯著面前盤子裡的食物，不滿地用爪子敲了敲盤沿。再好吃的東西，天天吃也足以令人膩味。最重要的是，她想開葷啊！

「不好吃嗎？」

「好吃，但我想吃肉。」

「沒錢。」

過於果斷的兩個字讓沈璃一怔，她抬頭望著同樣在啃饅頭的行雲，上上下下打量了他一眼。「偶爾吃頓肉都不行嗎？你看起來雖不像有錢的樣子，但也不該很窮吧？」

行雲坦然一笑：「我很窮啊，奈何氣質太好。」

雖然這話聽起來令人不大舒爽，但他說的也算事實。沈璃一扭頭，望著他晒在院子裡的野山參道：「你賣的那些野山參呢？應該能賺不少錢吧。」

「與藥鋪老闆換成藥了。」他這話說得輕描淡寫，好似對自己的病並不在乎。

沈璃卻聽得一愣，囁嚅了半晌，沒敢說更多的話，只沉默地埋頭吃饅頭。

半夜，沈璃估計著行雲睡著了，她藉著月華在院子裡凝了許久的內息，然後伸出爪子往跟前的白石上一點，白石上金光一閃，好似變作了黃金，但不過一瞬，光華散去，那兒依舊是普通石頭一塊。

沈璃一聲喟嘆，果然還是不行，體內空蕩蕩的，連簡簡單單一個點石成金的法術都做不到。她有些頹然地在石頭旁坐下，倒是第一次在生命中體會到這樣的無奈。

沈璃往黑漆漆的屋裡望了望，夜風將屋子裡的藥香帶了些許出來，沈璃兩隻翅膀撲扇了兩下，再次鼓足了勁站起來，繼續仰頭向月光，屏氣凝神。這個行雲也算是對她有恩，知恩圖報這個道理她也是知道的，只是沈璃雖為王爺，行的卻是武職，殺敵對戰在行，救人治病卻不行，既然治不了這病秧子，那就讓他在有生之年過上更好的日子吧。

沈璃深呼吸，將月華之氣吸納入體，她俯身輕啄白石，光華一勝，沈璃睜開眼，看見白石之中金光不停地竄動，但最後仍是消失無際。她心中一怒，狠狠地蹬了白石一下。「沒用的東西！」話音未落，她爪子一蜷，一聲痛呼：「好痛。」單隻爪蹦躂了兩圈，沈璃怒視白石，喝罵：「頑石！」

末了她又往石頭跟前一站，繼續施點石成金之法。

只是全心全意撲在一顆石頭上的沈璃不知道，在小屋漆黑的門後，有一雙眼睛，一直帶著笑意，將她的舉動收進眼底。在沈璃不知第幾次失敗之後，青衣衣襬一拂，轉身入了裡屋。

行雲在櫃子裡翻了翻，摸出十來個銅板，掂量了兩下。「明日去買二兩肉吧。」

沈璃吸了一夜的月華，無果。早上沒精打采地把腦袋搭在石頭上睡覺，卻忽然聽見院門打開的聲音，她精神一振，跑到前院，見行雲正要出門，沒有背背簍，也沒有拿包袱，她奇怪：「你今天不賣參？」

「參還在晒著呢。」行雲矮身拍了拍沈璃的腦袋，「我出去買點東西，乖乖看家啊。」

「我也去，等等！」沈璃扭身便往後院跑，將昨夜未點化成功的那塊頑石往嘴裡一叼，又蹦躂著跑回來，含糊不清地說：「走吧。」她覺著既然月之精華不管用，那乾脆試試日之精華，她若是點石成金成功了，正好可以買點好東西回來。

行雲瞧著她嘴裡叼的那塊石頭，愣了一瞬，沒有多問別的，只笑道：「妳要如何與我出門呢？集市人多，如果走散了妳指不定就變成一鍋湯了。不如，我在妳脖子上套上繩子，牽著妳走，可好？」

沈璃聞言大怒：「放肆！」她兩隻翅膀撲扇個不停，「我陪你去集市是好意，出於感激，自然是要你抱著本……抱著我！快點，抱起來。」

看著沈璃伸開的兩隻肉翅，行雲怔忡了半晌，而後倏地一笑，竟還真的彎下腰，將沈璃抱了起來，任由她在懷裡亂蹭了許久，終是找了個舒服的姿勢趴好，然後吩咐他道：「走路小心點啊，別太顛。」

行雲輕笑：「是，都聽雞的。」

沈璃一路施法終未果，行雲也不管她折騰出什麼動靜，都只坦然地走自己的路，待行至集市，老遠便聽見賣肉的在喊今日的肉價。行雲一琢磨，不成，肉又漲價了，二兩買不起……這雞胃口大，鐵定吃不飽，回頭還得嘀咕，更不知要把這石頭戳到哪年哪月去……

其時，忽聞旁邊有人道：「哎，算富貴十個銅板。」

行雲扭頭一看，一個三十來歲的男子舉著一面算命幡子，打著半仙的招牌，正捏著一個青年男子的手在滔滔不絕地說著：「從此十字紋來看，是大吉之相，公子近來有福……」行雲沉默了一會兒，忽然舉步上前。

「這位兄臺。」他逕直將話插了進去，「今日午時，你家中或有火情，若此時不歸家，將來必抱大憾。」

此話一出，算命的和青年男子皆是一愣，連沈璃也從他懷裡抬起頭不解地望他。算命的最先反應過來，他眉頭一皺，壞脾氣道：「胡說什麼呢！去去，別壞了這位公子的福氣。」

「是否胡說，公子回家一看便知。」行雲淡淡笑著，「今日下午，我還在此處等候公子。」

青年男子既來算命，本就是信奉此道之人，見他說得如此篤定，心中難免打鼓，猶豫了半晌，終於從算命的手裡將手抽了回來，疾步往家裡走去。沈璃用翅尖輕輕戳了戳他的手臂。「你騙人呢，這是？」

「別鬧。」行雲摸了摸她的腦袋，「這是關乎二兩肉的事呢。」

行雲話音未落，算命的忽然將幡子一扔，怒道：「我說你這人怎麼回事！行規懂不懂啊！有你這麼壞人生意的嗎？」

面對對方的憤怒，行雲出奇地淡定：「我並不是搶你生意，我說的都是實話，你若不信，大可在此等至下午。若我的話應驗了，你便心甘情願地將他方才找你算命的錢給我。」

「嘖！你和我槓上了是吧！啊，好！」算命的賭咒發誓一般道：「我王半仙在行裡混了這麼久，我還不信你了！等就等，回頭那小子要是不回來或是你沒說準，你……」他將行雲一打量，「你就將那隻肉雞給我！」

沈璃一怒，翅膀頓時大開，還沒吭聲便被行雲輕輕按了回去。「安心，我在這裡，沒人搶得走妳。」

不知他話裡有什麼奇異的力量，向來都衝在最前面的沈璃竟奇蹟般地被安撫下來，選擇了「好吧，就先相信你」這種選項。是因為……之前都一直被他保護著嗎？被這麼一個弱小的凡人保護著……

感覺，真是奇妙。

時間慢慢溜走，午時之後，那青年男子仍舊沒有回來，王半仙漸漸面露得意之色，行雲也不急，只偶爾瞥一眼不遠處的肉鋪子，仔細聽著賣肉的有沒有往下喊價。

一個時辰之後，男子還是未來，王半仙笑道：「小子！這回你該認輸了吧？肉雞給我。」

「為何要給你？」行雲淡然道：「他不是在來的路上了嘛。」

王半仙往路的那邊張望。「小子胡說！哪兒來的人！」這話音剛落，路的拐角處便行來了一對父子，正是方才那位青年和他還小的兒子。他一走到行雲跟前便立馬鞠躬謝道：「多謝這位兄臺啊！若不是你勸我回去，我家小兒怕就要被燒死在柴房了。虎子，還不謝謝這位叔叔！」

小孩咬著手指頭，含糊不清地說：「謝謝叔叔。」青年笑道：「我這裡也沒什麼好拿來謝你的，我家娘子讓我從房梁上取了兩塊年前做的臘肉，你看……」

沈璃眼睛一亮，行雲跟著眼睛一亮，他果斷點頭收下：「我不客氣了。」

目送青年與小孩走遠，行雲轉頭好整以暇地看著王半仙。「十文錢。」

王半仙看得目瞪口呆，拍腦門道：「嘿，還真邪門了不成？這也能算準。」他自包裡摸出十文錢放在行雲掌心，臨走之前又道：「不如……你再給我算一卦。」

行雲笑得高深莫測。「今日，你有血光之災。」

王半仙嚇得不輕，連忙抓了自己的幡子，急急忙忙往家裡跑。

不日，沈璃聽說王半仙那日回家後，因「一文錢也沒賺回來」被媳婦用鞋拔子抽了臉，破相掛彩。至於沈璃為什麼會聽說這樣的雞毛小事，那是因為從那天起，「京城有個真半仙」的言論已經傳遍了大街小巷。

「你竟真會算命。」沈璃為此表示訝異。

「會一點。」

沈璃沉默了半晌。「道破天機可是會遭天譴的。」

「我知道，所以，我不是日日都在吃藥嘛。」行雲答得坦然，但見沈璃目不轉睛地盯著他，他笑道：「有得必有失，天道自然，萬事總是平衡的。」

沈璃哪兒會不知道這個道理，她只是恍然明白，原來他的短命相竟是這樣來的，又驚訝一個凡人能窺得天機，且窺探得如此仔細，可想而知他的身體受反噬的力量也必定極大，而他居然與天道抗衡，活到了現在。

行雲這傢伙的身分，越來越讓人捉摸不透了。

第二章

高深莫測的凡人行雲

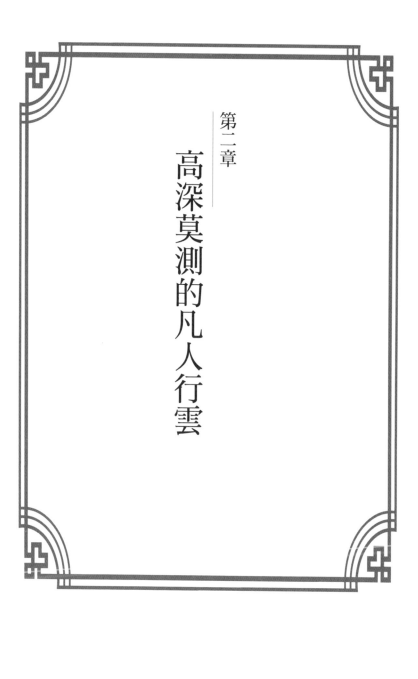

外界的傳言越來越誇張，但這好似並沒有怎麼影響行雲的生活，他依舊守著小院，每日養養魚，晒晒太陽。

一日閒得無聊，沈璃望著趴在池塘邊的行雲問：「你既天賦異稟，有了這本事，為何不靠算命為生？」像他這種有真本事的「半仙」大可走高端路線，專為高官富人算命，即便是一年算個一次，也能讓他的生活過得比現在好十倍。但行雲卻過分淡然，這麼些天的相處，除了賺回來那兩塊臘肉和十個銅板，他幾乎沒用過這種能力。

「這不是什麼好本領。」行雲只淡淡道：「害人不利己，不靠它，我依舊活得好好的。」

沈璃一挑眉，沒想到一個凡人竟還有此番覺悟。既然他看得如此透徹，沈璃也不再繼續討論這個問題，倒是話鋒一轉問：「行雲，你每日做的吃食裡面，是不是有什麼增補元氣的藥？且拿來，我研究研究。」

行雲一笑，轉頭看她。「妳認為我買得起那種東西嗎？」

沈璃沉默，是啊……他是一個連肉都不會買的傢伙，哪兒來的閒心在饅頭裡面加什麼補藥呢。可她在這屋裡，體力確實恢復得比平時快很多，這些日子，內息也漸漸穩定下來了，恢復人身或許就是這幾日的事了吧……

「咚咚咚！」後院兩人正聊著，忽聞一陣急促的敲門聲。行雲應了一聲，慢慢晃到前院去開門。

這倒稀奇，沈璃來了這麼多日，除了那翻院牆進來的姑娘，就沒見過別人主動來找行雲。她心中好奇，也屁顛屁顛地跟了上去。待得行雲一開門，沈璃倏地察覺到一股莫名的氣息，她神色一肅，卻見一隻枯瘦的手從門外伸了進來，緊緊地將行雲的胳膊抓住。

那人力道好似極大，將行雲推得往後退了兩步，險些踩死在他腳後面的沈璃。

大門敞開，沈璃這才看見，拽住行雲的竟是一名老婦，她情緒激動，神色有些恍惚。「仙人，仙人……」她沙啞地喚了兩聲：「你就是他們說的能算過去，能占未來的仙人嗎？」

沈璃抬頭望她，只覺這人身上莫名地圍繞著一股氣息，奈何她現在法力不夠，無法看出其中緣由。

「呃……我約莫是妳要尋的人。」行雲道：「只是……」

行雲話音未落，只聽巷子另一頭傳來幾聲疾呼：「弟妹！」其時，背後行來一個中年男子，他一把將婦人拽住道：「弟妹！妳別鬧啦！隨我回去吧！」

那人看起來不過四十歲，但這婦人卻已如五十歲的老嫗一般，佝僂著背，滿臉滄桑，看來是被生活折磨得不輕。她並不理那人，只望著行雲道：「仙人，您幫幫我吧！求您幫我算算，我那入伍已十五載的相公，現在究竟在何方啊？」

「哎呀，弟妹！妳還沒被那些江湖術士騙夠嗎？別問啦，都這麼多年……」這話像是觸碰到了婦人的隱痛，她喝斥道：「再久也得問！離開再多年那也是我丈夫！一日找不到他我就再找一日！日復一日，總有我找到他的那天！」

原來是軍人婦，沈璃腦袋微微一垂。她很清楚，上了戰場的人，一旦死了，或許連屍骨也尋不到，不管親人再怎麼日復一日地盼，日復一日地尋。

行雲輕輕地拉開婦人的手，淺笑道：「這位夫人，這卦我算不了，妳回吧。」

老婦人一臉怔愣：「你不是神仙嗎？你為何不肯幫我算算？我只想知道他在哪裡……你若是不幫我算他在哪裡，那至少告訴我他的生死，讓我有個念想啊！」

行雲衝中年男子一笑。「勞煩。」他做出送客的姿態，「我該做飯了。」

中年男子一怔，忙飽含歉意地點了點頭，半是拉半是勸地將婦人帶走了。行雲淡漠地關上門，像往常一樣走進廚房做飯。沈璃跟在他腳邊走著。「你看出什麼了是吧？為什麼不肯告訴那個婦人？她丈夫是死了嗎？」

「不。」行雲淡淡道：「我什麼也沒看出來。」

沈璃怔愣：「可是……可是……」她念叨了半天也不知該說些什麼，行雲不以己力干涉自然的做法也沒錯，在這之前她甚至是讚賞的。但在這樣的情況下，她還是忍不住想去幫忙，若是她之前帶的兵在戰場上戰死，她定不會讓他的家人什麼也不知曉，只是無望等待。

沈璃仰頭望了行雲一眼，默默地往後院走去，這個行雲能為了十文錢救一個孩子，也能眼睜睜地看著老婦哭泣而無動於衷。

他活得還真不是一般隨興，或者說是……寡情。

至夜，四周寂靜無聲，行雲沒有鎖門的習慣，得以讓沈璃扒開門縫悄悄地鑽出去。憑著恢復了一點的法力，沈璃循著今日那婦人的氣息，往巷陌的一頭奔去。

沒有關上的院門裡，隱隱傳來了一聲嘆息：「此雞太閒。」

沈璃循著氣息，一路尋至一個小院門口，正不知如何進門時，院門忽然「吱呀」一聲推開了，沈璃忙往門後一躲，藏在暗處。

一個男人身著巡夜服，拎著燈籠走出門來，他正是今日白天尋來的那個中年男子。「快到我值班的時間了，我就先走了。妳看著弟妹，大半夜的，別讓她又跑出去找什麼半仙了。」

裡面的女人應了一聲：「你小心點啊。」

男子應了，轉身走開，院門再次關上。沈璃正急得不知如何進去之時，院門又打開了，裡面的女人拿著披風追了出來。「大郎，你的披風，夜冷，別著涼了。」

沈璃一瞧，院門開著，那兩人也隔得遠，她身子一竄，逕直鑽進院裡。她一眼便看見了那婦人的房間，因為燈還點著，她正坐在窗前縫衣，剪影投在紙窗上，說不出地孤寂。她房門未關，沈璃將腦袋悄悄探進門縫裡，一看之下，她恍然明白為何今日會在這婦人身上感受到一股莫名的氣息了。

在婦人的背後，一個身著破敗輕甲服的年輕男子，正定定地望著她手中縫補的衣物，他表情柔和，目光溫柔，彷彿看著這世上他最珍惜的事物，但他卻沒有腳。白日陽氣盛，沈璃看不見他的身體，到晚上終是顯現出來了。

竟是變成了靈體……沈璃不由得一聲嘆息。婦人再也找不到她夫君了，也不用去尋她夫君，因為那個男人從來都沒有離開過她。

沈璃不想她這一嘆竟讓那輕甲男子倏地轉過頭來，一雙黑眸在看見沈璃的一瞬猛地變得赤紅。他一張嘴，一股陰氣自他嘴裡溢出，沒給沈璃半點反應的時間，面目猙獰地向她衝來。沈璃兩隻翅膀慌張地撲扇了兩下。

「站住！等……」兩聲雞叫尚未出口，那靈體便自她身體裡掠過，滿滿的陰氣將她帶得一個踉蹌，滾了好幾圈，直到撞在一個牆角的土陶罐上才停了下來。

「住手！住手……喀……」沈璃忙甩脖子。

那男子卻不聽她說，只陰煞煞地盯著沈璃，準備再次攻擊她。

沈璃忙道：「我是來幫你們的！」那人聞言，微微一怔，面容稍稍緩和下來。沈璃喘了兩口氣，正要說話，另外一個房間的女主人卻被之前的聲音驚動，那邊房門一開，女人看不見鬼魂，只奇怪地盯著沈璃。

「哪兒來的無毛雞？」說著她便往這邊走來，可還沒邁出兩步，一塊石頭驀地砸在她頭上，女人雙眼一翻白，逕直暈倒在地。

在她背後，是一身塵土的行雲，他扔了手中的石頭，語帶半分無奈：「咯咯噠，妳又亂跑闖禍。」

沈璃愣愣地望著他：「你怎麼進來的？」

「爬牆。」他淡定地說完，幾步邁上前來，將沈璃往懷裡一抄，「夜裡有宵禁，妳不知道嗎？回去了。」

「等等！」沈璃拿雞翅膀拍行雲的臉，剛長出來一點點的羽毛扎得行雲臉痛，「你沒看到嗎？這裡還有事沒處理完呢！」

行雲將她的翅膀按住。「何事？」

沈璃比畫著：「那麼大個鬼魂你看不見嗎？」

行雲眉頭微蹙：「我只通天機，並非修道者，見不到鬼魂。」

這一點沈璃倒是沒想到，行雲其人太過神祕，讓她誤以為他什麼都會。她琢磨了一會兒，對行雲解釋：「今日白天，那婦人尋來的時候，我便感知她身上有股奇怪的氣息，只是白日陽氣太盛，沒看出來，今晚跟來一看才發現了他。約莫是他當年戰死沙場後，執念太深，沒能入得了輪迴，最後魂歸故里，飄到了她身邊，然後一直守著她到現在。」

沈璃轉頭看他，男子垂下眉目，輕輕點了點頭。

「你知道她一直在等你、尋你吧？」沈璃轉頭問他，男子面露苦澀，望向紙窗上的女子剪影，輕輕地點了點頭，沈璃又問：「你想讓她知道你在哪兒嗎？」

他驚喜地望著沈璃，一臉渴求，好似在問她：「可以嗎？」

沈璃點頭：「行雲，去轉述。」

行雲一聲嘆息道：「還真是笨雞。妳要我手舞足蹈地比畫一個鬼魂出來嗎？用言語描述，誰會相信？」他將沈璃放在地上，然後在四周擺了幾塊石頭，似是按照什麼陣法在有序排列著。「既然已經插手了，那便把事辦到最好。只是事成後，妳別後悔。」

沈璃沉默。行雲將陣擺好後，以指為筆，在中間不知寫了個什麼字，退開後道：「叫那鬼魂來這字上飄著。」

男子依著他的話，停在字的上方，似有一道道光芒注入字中，院中依序排開的石頭依次亮了起來，最後，一道道光芒皆聚集在男子的身上，他的身體似比方才更加結實清晰，行雲笑道：「咯咯噠，去敲門，告訴她，她夫君回來了。」

沈璃什麼也沒問，急切地跑過去用尖喙啄了啄木門，沒一會兒，木門打開，婦人皺著眉頭道：「今晚有些吵呢，我給三郎縫的衣服還沒做好……」話音一頓，婦人混濁的眼眸被院裡的光芒映得閃閃發亮。

她不敢置信地邁出一步。「三郎……」

男子也有些無措，他不敢挪動腳步，只定定地望著婦人，連雙手也不知該如何安放了，忽而緊握，忽而伸出。他張了張嘴，沒發出聲音，那婦人卻明白了他說的是什麼，他在喚她「娘子」。這個已有十五載未曾出現在她耳畔的稱呼。

她混濁的眼睛一瞬便溼潤了。「你回來啦……你回來啦。」她高興得聲音都在顫抖，皺紋遍布的臉上卻露出了孩子一樣的笑容，她急急往前走了幾步，踏入陣中，卻在要觸碰到男子時，生生停住。

她顫抖的手摸了摸自己的頭髮和臉。「你看我，一點也沒準備，你看我連飯也沒給你準備。我盼你回來了這麼多年……」她的聲音不受控制地哽咽起來，「這麼多年，你都去哪兒了？你可知曉我等了你多久……你可知別人都當我瘋了，連我自己都以為我瘋了……我都快……等不下去了。問不到你生死，尋不到你蹤跡，縫好衣裳無處可寄，寫好書信無人能讀！你都躲在哪兒了！」

她的眼淚止不住地落下，陣內光芒之中，時光彷彿在他們身上逆流，抹平了她的皺紋和滄桑，將她變回了那個年華正好的女子，而他甲衣如新，容貌如舊，似是她送行丈夫的最後一夜，他們正年少，沒有這十五載的生死相隔。

男子面容一哀，終是忍不住抬手欲觸碰她的臉龐。在一旁的行雲默不作聲地咬破指尖，將兩滴血滴在布陣的石頭上，陣中光芒更甚，竟讓男子當真碰到了婦人，那本該是一個鬼魂的手！感覺到真實的觸感，男子忽地雙臂一使力，猛地將她抱住。

沈璃愣然地望向行雲：「這陣……」這陣連通生死，逆行天道，其力量何等強大。

行雲只淡淡道：「此陣維繫不了多久。所以，有話，妳速速與他們說完。」

沈璃聞言又是一愣，這人，竟看出了她想做什麼……

她今日便隱約猜測婦人被鬼魂附身，本以為是被她的執念勾來的小鬼，沒想到卻是她要尋的夫君。但人鬼殊途，他們在一起的時間久了，難免會對婦人有所影響，折她陽壽。

所以，她本是想讓這鬼魂離開婦人，但現在……

見沈璃半天未動，行雲只道：「何不交給他們自己決定？」沈璃一愣，行雲繼續道：「他二人皆是普通人，不通陰陽道，更不知道陰氣會對人造成多大的影響，既然已做到這個地步，不如將實情告訴他們，讓他們自己決定何去何從。」

沈璃張了張嘴，還是沒發聲，因為，她還想讓他們多待一會兒，哪怕只有一會兒。

行雲一聲嘆息，忽而揚聲道：「人鬼殊途，兄臺可知，你陪在她身旁十幾載，已快耗盡她的陽壽。」

那邊兩人聞言皆是一愣，男子詫異地轉頭望向行雲，婦人卻手心一緊，喃喃道：「陪我十幾載？你陪了我十幾載？你……」她彷彿這才看見男子那襲衣裳和他沒有絲毫改變的容貌，她神色略有恍惚，「是這樣嗎……原來，竟是如此……」

「再強留在人界，既會害了她，亦會讓自己無處安息。」行雲音色平淡，「是去是留，自然全在兄臺。」

男子轉頭看了女子一眼，陣中光芒適時一暗，男子的身影一虛，婦人容貌也恢復滄桑，彷彿剛才的一切只是眾人黃粱一夢。婦人尋不見男子身影，神色略帶慌亂，而她不知，她丈夫的手竟一直觸摸著她的臉頰……隔著無法跨過的生死。

最終，男子點了點頭，他願意走。

這個結果應當是好的，但沈璃心裡卻無法輕快起來。

行雲問沈璃：「我會擺渡魂陣，但沒有法力，無法渡魂，妳可會引魂術？」

「嗯，會的。」戰場廝殺平息之後，往往都是她助自己手下的將士魂歸忘川，引魂術沈璃再熟悉不過了，「不用擺陣。」

她聲音輕淺，只有這個法術，無論在什麼情況下，她都不會失敗。因為，她用此法引渡了成千上萬個兄弟的魂，無論身負多重的傷，只有此術，不能失敗。

「行雲，外衣脫了。」

行雲一愣，依言脫下青衣，沈璃鑽進衣裳裡。沒一會兒，有金光從青衣之中透出，刺目的光芒一盛，行雲閉眼的一瞬，身邊的人已經走向前方。

她赤腳散髮，青衣對她來說太過寬大，但穿在她身上卻不顯拖遝。她背影挺拔，帶著更勝男兒的英氣緩步上前。

「吾以吾名引忘川。」字字鏗鏘，她手一揮，在男子眉心一點，手中結印，光芒一盛，忽而又柔和下來，男子的身影慢慢化為星星點點的光芒，就像夏夜的螢火蟲，在佝僂的婦人身邊環繞了一圈，漸漸向夜空深處飛去。

「啊……啊……」婦人顫抖著伸出手去攬他，可哪兒還抓得住什麼。

他們的塵緣早該了了。

夜再次恢復寂靜，只有婦人望著夜空發出意味不明的嗚咽。

「夫人。」沈璃將婦人枯瘦的手輕輕握住，「他是為了讓妳過得更好才離開的。這番心意，妳可有感覺到？」

「感覺到了……」沉默了半晌，婦人終是喑啞道：「哪兒會感覺不到，

我聽見了……他是哼著鄉曲走的。他想要我心安啊。」她溼潤的眼淚落了

沈璃滿手，沈璃沉默地將她扶回房間。

婦人似是累極，沒一會兒便睡著了。

沈璃守了她一會兒，這才走出房間，跨出房門的一瞬，沈璃只覺一陣頭暈目眩，本就沒恢復多少的法力被如此一揮霍，更是幾乎空竭。她腳步不穩，快要摔倒之際，行雲在一旁輕輕扶了她一把，沈璃還沒來得及道謝，只覺心臟一陣緊縮，世界恍然變大，她又化作原身。沈璃尚在愕然間，便聽行雲輕笑著將她抱起。

「如此結果，妳可是滿意了？」

沈璃知道他是在問那婦人與她夫君的事，她沉默了一瞬道：「這個結果，早在十五年前便埋下了不會讓人滿意的種子。」人一旦沒了，無論什麼結果，都不會是個好結果。

行雲一笑：「喔？看來妳對這種事倒是感觸頗深。」

「不過是上過戰場，看了太多戰死的孤魂。」沈璃語氣沉重，「我不知今日這般勸她是對是錯，也不知今日這般是好是壞，但我想，若日後我有了親人、愛人，我若戰死，心裡最希望的定是讓他們快些忘掉我。因為以前已成虛妄，只有以後才能稱作『生活』。」

行雲一怔，復而笑道：「笨雞，只有現在，才能稱作『生活』。」

沈璃將腦袋在他懷裡蹭了蹭，找了個舒服的地方放好，道：「你說的也對。」

「回去吧。」

行雲推開院門，抱著沈璃往家的方向走去。已被折騰累了的兩人都沒發現，在院門後藏著一個披著披風的男子，見兩人走遠，他才顫抖著腿走進屋來，將他先前被行雲砸暈在院裡的娘子扶起，嘴裡嘀咕著：「真的是神仙啊，娘子！真的是神仙啊！」

屋內香爐白煙升騰，坐於檀木書桌之後的人擱下筆，聲音微揚：「確有此事？」

跪在下方的人顫抖著回答：「小人縱使有十個膽子也不敢欺騙皇太子殿下啊！我那弟妹前幾日還瘋瘋癲癲，這兩日已恢復得與常人別無二致，那晚的神跡也是小人親眼所見，賤內當時雖昏迷不知事，但左鄰右舍也都有看見從我家溢出的光芒！還有這青衣……那仙人將他隨行的雞變作一個美人，這便是他脫給美人穿的衣裳，後來那美人又變作雞，衣服掉在地上，他忘了拿走。」

「這倒是趣事。」丹鳳眼微微一瞇，「苻生，把那人帶到府裡來，給我瞧瞧，他到底有什麼能耐。」

「是。」

小院裡的日子還是一如既往地平靜，葡萄架上的葉子慢慢長得密實起來，遮擋了隨著夏季來臨而越來越烈的陽光。行雲躺在院裡歇息，忽然，搖椅被撞了一下，行雲睜開眼，瞥一眼滿地打滾的肉雞。

「啊啊！為什麼變不回去⁉」沈璃滾了一身的土，氣得咯咯大叫：「那晚明明已經成功了！這兩天法力也恢復得差不多了，為什麼就變不回去了！」

行雲眉目悄悄一彎，隔了一會兒才做淡定狀道：「別叫了。」他望了一眼被沈璃扯在地上的布衣，「鑽到衣服裡面去變吧，妳要是就這麼化成人身，那可就不好了。」話音落下，他恍然想起那日光芒之中沈璃站得筆直的背影，一時有些失神。

聽得行雲的話，沈璃站起身來望著他：「那天看你擺的陣很厲害的樣子，要不你給我擺個能凝聚日月精華的陣試試。」

「此處已有妳說的那種陣法。」行雲笑道：「來了這麼多天，妳竟是一點感覺都沒有嗎？」

沈璃一愣，左右一打量，這才發現這後院石頭的擺放與草木的栽種位置確實是按照一定的規律來的，只是已經擺了很多年，許多地方長出了青草，看不清界線，這才迷惑了沈璃。她恍然大悟，難怪她在此處體力恢復得如此快，原來是拜這裡的陣法所賜。

「行雲，你越發讓我捉摸不透了。」沈璃圍著小院仔仔細細看了一圈，往行雲面前一蹲，道：「一個凡人，能算天命，又懂如此多的稀奇陣法，但卻沒有法力，不會法術，你到底是什麼人？」

行雲笑咪咪地回答：「好人。」

「我看是怪人。」沈璃道：「脾氣怪，行為舉止也怪。你看看我，我這個樣子。」沈璃在地上轉了個圈。「沒有毛，會說話，還能變成人，你既不好奇，又不害怕，還把我養在家裡……難道，你已經算出什麼來了？」

「我不是說過嗎？占卜算命不是什麼好本領，我也不愛幹這些事。我不問妳只是因為不想問罷了，緣起相遇，緣滅離散，多問無益。妳我只需知道彼此無害便可。」

這席話聽得沈璃一愣一愣的，末了她正色道：「你必定是天上哪個禿驢座下的倒楣弟子下凡來歷劫的。」

行雲一怔，只打量著沈璃，瞇眼笑，不說話。

直到中午，他默不作聲地將別人送的臘肉盡數吃了，任憑沈璃在桌子腿那裡扒拉了半天也沒遞給她任何眼神。

待吃乾抹淨後，他將沈璃抱上桌，讓她一臉驚愕地望著已只剩兩滴油的空盤，滿足地衝她打了個嗝，笑道：「我只是想證明一下。我不是哪個禿驢座下的倒楣弟子下凡來歷劫的。沒別的意思。」言罷，他把剩了兩滴油的盤子也撤走，獨留沈璃在桌上拍翅膀蹬爪子地發脾氣。

「吐出來！你給我吐出來！混帳東西！」

走到前院，行雲忽聽有人在叩門，他應了一聲，端著盤子便去開門。

院門一開，三名身著錦服的男子配著大刀立在門外，看起來竟像是哪個高官家裡的侍衛。為首的人領邊為紅色，旁邊兩人皆是青色，他們神色肅穆地打量行雲，紅領侍衛道：「這位公子，我家主子有請。」

「你們約莫是找錯人了。」行雲輕笑著回了一句，腳步剛往後一退，兩側的人就不由分說地將行雲胳膊一拽。行雲一個沒注意，手中的盤子落在地上，碎了個徹底。

紅領侍衛看也沒看一眼，只道：「是否找錯人，我們自有衡量，公子，請吧。」

行雲眼一瞇，脣邊的弧度微微掉了幾分：「我不大喜歡別人強迫我……」行雲話未說完，那紅領侍衛竟是一拳揍在行雲的胃部，逕直將他打彎了腰，疼得好半天也沒能直起身來。

還不等行雲咳上兩聲，那人便道：「我不大喜歡別人老與我說廢話。」他眼神輕蔑：「帶走。」另外兩人依言而行，竟是不管行雲傷得如何，將他拖著便走。

行雲彎著腰，被帶出院門的那一瞬，他狀似無意地將地上一塊石頭輕輕一踢，石頭翻了個個兒。不過片刻之後，屋內金光一閃。三名錦服男子腳步一頓，只聽一女子低聲道：「將他揍吐了再拖走！」

行雲聞言，竟是在被人架著的情況下也低聲笑了出來。

「何人？」紅領侍衛一腳踏入院內，卻見一女子身著一件髒兮兮的布衣裳，她不知從哪兒撕了根布條下來，一邊將頭髮高高束起，一邊走了出來。

沈璃話雖那樣說，但看見行雲已經被揍得直不起腰，她眉頭倏地一皺，盯著紅領侍衛道：「你是哪兒來仗勢欺人的東西，竟敢招惹到本……本姑娘眼皮子底下。是活膩了，還是想死了？」

沈璃護短在魔界可是出了名的，自己帶的兵犯了錯，她自有章法來處理，罰得重的，甚至快去掉半條命。但她的兵卻由不得別人來懲罰，連罵一句都不行，說好聽點算是愛兵如子，說真實點就是好面子，屬於她碧蒼王的，人也好，物也好，何以讓別人欺負了去。

紅領侍衛眉頭一皺：「姑娘好大的口氣。」他上下打量了沈璃一眼，見她雖穿著狼狽，那雙眼睛卻十分懾人，這京中臥虎藏龍之人太多，他略一斟酌，將腰間腰牌取下，金燦燦的腰牌在陽光的映射下十分刺目。「我等奉皇太子之命，特來請公子入府一敘，望姑娘知趣一些……」

「知趣？」

沈璃紮好頭髮，如鬼魅一般行至紅領侍衛身邊，她現在法力不強，但武功身法是牢記於心的，對付這幾個凡人簡直綽綽有餘。在紅領侍衛尚未反應過來之際，他手中舉著的腰牌便被沈璃奪了過去，她雙手一掰，只聽一聲脆響，兩塊廢鐵被擲在紅領侍衛腳下。「你教教我這兩個字怎麼寫啊。」

紅領侍衛瞳孔一縮，尚未反應過來，便覺一陣天旋地轉，後腦一陣劇痛，眼前不知黑了多久。待再反應過來時，他已與另外兩名青領侍衛一起被扔在門外了。

沈璃斜眼瞥向三人，神情極盡蔑視。「要見我手下的人，不管是皇太子、兒子、孫子，還是什麼天王老子，都讓他自己滾過來。」

大門闔上，三名侍衛互相攙扶著站起身來，兩兩對視，正沉默之際，院牆內忽然飛出兩個物體，如同箭一般直直插進三人跟前的地裡，沒入一寸有餘。三人仔細一看，竟是那紅領侍衛的腰牌。

一陣沉默後，行雲的門前又恢復了寧靜。

「我何時成了妳手下的人？」行雲捂著胃彎腰站著，似笑非笑地盯著沈璃。

沈璃卻沒有理他，冷冷地盯了他一會兒，然後指著門口被挪動的石頭問他：「那是什麼？」

「石頭。」

「你還想挨揍嗎？」

「好吧，那其實是壓在陣眼上的石頭。」

「為什麼要在那裡放塊石頭？」

「為了抑制陣法的力量。」

「為什麼要抑制？」

行雲看了她一眼，猶豫了半晌終道：「這是在帶妳回來的第二天晚上放上去的，不然妳變回人身之後活動實在太不方便，也不方便戲弄了……自然，男女之別才是我放這塊石頭最重要的原因，妳我孤男寡女共處一室，終究還是不好的。」

「也就是說，被你帶回來的第三天時，我就已經可以變成人了……」那個時候……那個時候，啊對了，那天早上，他正在給那個布衣姑娘送行，那照他的說法——「那天我跑出去時，本來是可以變成人的，本來是不用被那些個凡人當作拔了毛的雞滿街追來燉的。」

她本來完全可以不那麼狼狽的……

「嗯，約莫是這麼回事。」行雲話音一頓，彷彿很無奈地嘆了口氣，「又有一個祕密被妳看穿了，真難過。」

難……難過？他居然好意思說難過！她才是該難過的人好嗎！

這傢伙到底知不知道因為他搬的這塊石頭，讓她的尊嚴受了多大的損傷啊!?不……這傢伙一定是知道的，他一定還在暗處看她笑話，看她到底能掙扎成什麼樣子！

沈璃殺心湧動，恨得渾身抽搐。「不殺你，不足以平我心頭之恨。」她咬牙切齒，一字一頓地說完這話，抬頭一看，卻見行雲捂著胃，倏地往地上一跪，她瞪他：「作甚？道歉已經晚了！」

行雲苦笑：「不，只是……咯……」話未說完，他整個人便往前一撲，暈了過去。

沈璃一怔，頓覺空氣中行雲的氣息弱了許多，這人本就體弱，那侍衛揍他看起來也不像是省著力氣的，這莫不是……揍出什麼好歹來了吧？如此一想，不知為何，沈璃那一腔尚未發出去的怒火竟像被一盆冷水潑下來一般，偃旗息鼓。

她忙往行雲身邊一蹲，伸手探他的脈搏，接著臉色微白。

弱，慢，將死之相……

第三章

堂堂碧蒼王為個凡人臉紅了

把行雲扔在院子裡，然後瀟灑走掉……沈璃是這樣想的。但她猶豫了半天，還是將他架了起來，扔到後院的搖椅上。

沈璃覺得他應該為這些日子看過的自己的笑話付出代價，而不是這麼輕而易舉地死掉。沈璃在屋裡翻了許久，終於找出了行雲平日裡吃的藥，費了一番工夫煎好了。她端著藥，走到行雲面前，見他還暈著，沈璃一琢磨，伸手捏住他的下頷，不客氣地將他牙關掰開，一碗剛熬好的藥吹也沒吹一下，作勢要倒進行雲嘴裡。

「等一下！」行雲忽然開口，他臉色尚蒼白，悶聲咳了兩下，輕輕推開沈璃的手，嘆息道：「我自己來吧。」

沈璃挑眉：「你是在玩苦肉計嗎？」

「不，是真暈了一瞬，方才醒了，只是想享受一下被人照顧的感覺。」

行雲失笑，「不過我好像想太多了。」

「你何止是想太多！今日吃了我的臘肉，又戲弄我這麼些天，竟還妄想要我照顧你！」沈璃按捺住怒火，掀了衣襬，一甩屁股，下意識地便要往地上坐，但恍然記起自己如今已不是原身，她已半蹲的身子又僵硬地直立起來。

而行雲卻已不要命地當著她的面笑出聲來：「妳看，還是做雞比較自在，可是如此？」被病態掩蓋住的眉眼竟別樣地動人。

此時，不管行雲美得多麼懾人心魄，沈璃只握緊了拳頭，深深吸了一口氣道：「你還能找到一個我不殺你的理由嗎？」

這本是極具殺氣的一句話，但行雲聽罷只輕淺一笑：「別鬧了，藥給我吧，廚房裡還給妳剩了半塊臘肉，回頭餓了我煮肉湯給妳喝。」

這話簡直是四兩撥千斤，給了沈璃致命一擊。

不殺他的理由……就這麼被他輕而易舉地說出來了……

拳頭再也無法握緊，沈璃覺得行雲定是在這個屋子裡布了個什麼奇怪的陣法，讓她慢慢變得不像那個魔界的王爺了。

恢復了人身，但內息仍舊不穩，法力也只有一兩成，沈璃一下午都在琢磨，自己要什麼時候離開這個小院。行雲的陣法擺得好，在這裡能恢復得更快些，但若一直待在這裡，魔界的人只怕很快便會尋來，到時這個凡人……

「幫我取下臘肉。」行雲的聲音突然從她背後鑽出來，「那塊肉掛得太高了，我直不起腰，取不下來。」

沈璃瞥了行雲一眼，只被揍了一拳便痛成這副樣子，若是對上魔界的追兵，那還了得，非直接魂飛魄散了不可。沈璃一聲嘆息：「在哪兒？」

她進了廚房，往上一望，半塊臘肉掛在梁上，行雲在一旁遞了根竿子給她。沈璃沒接，從一旁抽了個空碗，像飛盤一樣往空中一拋，陶碗碗邊如刀，飛快地割斷掛臘肉的細繩，在碰壁之前又繞了個圈轉回來，恰好接住掉落的臘肉，又穩穩妥妥地飛回沈璃的手裡。

顯擺了這麼一手，沈璃十分得意。她斜眼往旁邊一瞧，本欲見到凡人驚嘆仰慕的目光，哪承想只見行雲撅著屁股從灶臺下摸出了一塊極髒的抹布，遞給她道：「太好了，既然妳有這手功夫，順道就把我這廚房梁上的灰都給『咻』的一下，抹抹乾淨。」

沈璃端著碗，盯著他手中已看不出顏色的抹布，語氣微妙地問：「你知道你在使喚誰嗎？」

行雲只笑道：「我這不是沒問過妳的身分嘛，怎會知道使喚的是誰。」

沈璃的臉色更加難看。

行雲無奈地搖頭，扔了抹布。「好吧好吧，不抹便不抹吧。那妳幫我提兩桶水進來。」沈璃將碗一擱，眼一瞪，又見行雲捂著胃道：「痛……臘肉煮了還是餵妳的。」

沈璃一咬牙，轉身出門。狹窄的廚房裡，怒氣沖沖的她與行雲錯身而過時，不經意間，挺拔的胸脯蹭過行雲的胸膛。這本是一次不經意的觸碰，若是沈璃走快一些，或許兩人都沒甚感覺，偏偏她穿了行雲的衣裳，寬大的衣襬不經意被卡在牆角的火鉗鉤住，沈璃身子一頓，便頓在了這麼尷尬的時刻。

行雲眼神往下一瞥，隨即轉開了眼，往旁邊稍稍挪了幾步，錯開身子，他輕咳兩聲道：「你看，我說不大方便是不……」

沈璃將被鉤住的衣襬拽出，神色淡然而傲慢：「什麼不方便，大驚小怪。」她邁步走出廚房，像是什麼感覺也沒有一樣。

行雲倚著灶臺站了一會兒，待胸腔裡稍稍灼熱起來的熱度褪去。他微微一彎腰，目光穿過門框，看見了院內牆角，某個嘴硬的女人正俯身趴在水缸上舀水，可她趴了許久，也沒見舀出一瓢水來。

行雲側過頭，不自覺地用手揉了揉胸腔，覺著這水怕是等不來了，臘肉還是爆炒了吧……

這小院果然是有什麼地方不對勁吧！沈璃看著水缸之中自己的倒影，不敢置信地伸手去戳了戳，那臉頰上的兩抹紅暈到底是怎麼回事！是誰給她畫上去的嗎？為什麼她感覺這麼不真實？

碧蒼王因為一個凡人而臉……臉紅了。

「咯咯噠，吃飯了。」

沈璃不知在自己的思緒裡沉浸了多久，忽聽這麼一聲喚，千百年來難得熱一次的臉頰立馬褪去紅暈，揚聲道：「本……姑娘名喚沈璃！你再敢用喚牲畜的聲音叫我一次試試！」她一扭頭，卻見行雲端著一盤菜站在廳前，斜陽把他的身影拉得老長，不知為何，他神情有一絲怔愣。

沈璃奇怪地打量他，行雲一眨眼，倏地回過神來，再次拉扯出脣邊的笑，道：「沈璃，吃飯了。」

這話一出，又換沈璃愣了愣，她聽過「王爺，用膳了」，聽過「沈璃！與我來戰！」這樣的言語，但從來沒人試過另一種搭配，把她的名字和那麼日常的三個字連在一起，竟奇怪地讓她……有種找到家的感覺。

沈璃甩了甩腦袋，邁步走向行雲：「臘肉若是做毀了，你就得再賠一塊。」

行雲低笑：「若是做得太好吃了又該如何？妳賠我一塊？」

沈璃一琢磨：「若是好吃，以後你就當我的廚子好了。」

行雲一愣，淺笑不語。

一個能把饅頭做得美味的人，做的臘肉豈會難吃？這結果便是第二天行雲欲去郊外野山上採野山參的時候，沈璃死活不讓，把兩塊石頭大的金子往他衣服裡塞。「買肉！」

沈璃如是要求，但拿兩塊這麼大的金子去買肉，只怕他立馬便會被抓進官府吧？行雲不肯，推託之時，忽聽叩門聲響。沈璃眉頭一皺，將兩塊金子一扔，金子一落地，那金燦燦的光芒便褪去，金子變成了石頭。

行雲要去開門，沈璃將他一攔：「我去。」也不聽行雲說什麼，她上前兩步拉開門。

門外是兩個身著青衣的侍衛，佩大刀，戴青玉佩，兩人看了沈璃一眼，抱拳鞠躬。「叨擾，我家主子今晚欲前來拜訪二位，還請二位在家等候一天，我等也將在貴府布置一番……」

「為何他要來我們便要接待？」沈璃皺眉，「今天沒空，讓他回去等著，有空了叫他。」言罷便要關門。

兩名青衣侍衛哪裡受過這般待遇，登時一愣，雙雙伸手欲撐住門，哪承想這女子動作看似輕巧，待他倆欲往裡推的時候，卻有股大力自門後傳來，將兩人震得往後一退。他們對視一眼，正打算動真格的，那快關上的門卻又倏地打開，換了個青衣白裳的男子笑咪咪地站在門口，他將那女子擋在身後，對兩名青衣侍衛道：「你們要來布置？甚好，進來吧。」他讓開一步，合作的態度讓兩人狐疑地皺眉，但他們還是跨了進去。

行雲將他們領到廚房，往梁上一指：「你們看，這上面可髒了，得清潔一下，抹布在灶臺下面。這裡就交給你啦。」他拍了拍其中一人的肩膀，然後又領著另外一人走到廳裡，「這裡也有許久沒打掃了，正好幫我弄乾淨，晚上好宴請你們主子。」

他給兩人安排好工作，自己將背簍一背。「沈璃監工，我採了參就回來。」

院門關上，掩住行雲的背影，留沈璃抽搐著嘴角，這傢伙……簡直奇怪得讓人無法理解！

至夜，前院。

行雲煮了一壺茶，放在院中石桌上，看著被打掃得乾乾淨淨的院子，他很是滿意。外面有重重的腳步聲在慢慢靠近，沈璃抱著手站在院門口，神色不悅。行雲對著她笑道：「好歹也是要見一國皇太子，為何卻哭喪著臉？」

「誰哭喪著臉了？」沈璃道：「不過是已經預見了那個皇太子的德行，什麼樣的主子養什麼樣的屬下，來了兩批人都如此傲慢無禮，你覺得主子會好到哪裡去？」

行雲笑著抿了口茶，沒說話。

一頂繁複的轎子在門前停下，寬大的轎身幾乎將小巷撐滿。身著紅綢黃緞的人從轎子上緩步走下，沈璃瞇著眼打量他，一雙丹鳳眼，一張櫻紅脣，不過這快胖成球的身材是怎麼回事？

皇太子進門前上下打量了一眼門口的沈璃，然後挪動身子往院裡走，他身後的隨從欲跟，沈璃一伸手：「桌上只有一個茶杯，只請一人。」一名青衣侍衛立即把手按在刀柄上，圓潤的皇太子卻擺了擺手：「外面候著。」

沈璃挑眉，看起來倒是一副大度的樣子。

大門掩上，院裡看似只有行雲、沈璃與皇太子三人，但在場三人都知道，在今天「布置」的時候，這屋子裡已多了太多藏人的地方。

皇太子在石椅上坐下：「見公子一面著實不易啊。」

行雲淺笑：「還是比見皇太子容易點。」

沈璃自幼長在魔界，魔界尚武，不管是官是民，為人都豪爽耿直。她也是如此，最煩別人與她打官腔，也不愛見別人客套，沈璃往廚房裡一鑽，在鍋裡盆裡到處找起吃的來。

「聽聞公子能通鬼神、知未來，吾心感好奇便來看看，欲求一卦，不知公子給占還是不給占？」

「不占。」

聽他如此果斷拒絕，皇太子臉色一沉，行雲只當看不見。「我並非他意，只是不愛行占卜之事，也並非通鬼神之人。皇太子若有疑惑，還請另尋他法。」

「呵。」皇太子冷笑，「公子無非是想抬抬身價罷了，成，你若能算中我心中之事，我允你榮華富貴、高官厚祿，待我登基之後，奉你為國師也不是不可。」

行雲搖頭：「不占。」

「公子莫要不識抬舉。」皇太子左右一打量，「今日我要踏平你這小院也是輕而易舉的事。」

行雲喝了口茶，不知想到什麼事，輕聲笑了出來：「皇太子如此大費周章地過來，不過是想知道自己何時能登基罷了，但天子壽命關乎國運，不是在下不肯算，而是確實算不出來。皇太子今日要踏平此處，我看不易，不過，你若要坐平此處，倒還是有幾分可能。」

皇太子臉色一變，拍桌而起，大喊：「好大的狗膽！」

沈璃自廚房往院裡一瞧，只見一名青衣侍衛不知從何處竄出，將一把利劍架在行雲脖子上。皇太子怒極，竟將面前那壺熱茶往行雲身上一潑，行雲欲躲，卻被身後的人制住動作，熱茶霎時潑了他滿身。

沈璃聽見行雲一聲悶哼，想來是燙得厲害。她瞳孔一縮，心底一股邪火竄起，正欲出門，另外兩名青衣侍衛卻落在沈璃跟前，拔劍出鞘。沈璃一聲冷笑，一腳踹開跟前一人，直將那人踹飛出去，撞上行雲背後那名青衣侍衛，兩人摔作一堆。攔在沈璃面前的另一人見狀，一劍刺來，沈璃卻伸手一握，逕直抓住劍刃，手掌收緊，那精鋼劍被她輕輕一捏，像紙一般皺了起來。青衣侍衛驚駭得倒抽冷氣。

沈璃甩了他的劍，也不理他，身法如鬼魅一般晃到牆角水缸前，舀了一瓢水，手臂一甩便潑了出去，涼水如箭，潑在皇太子身上，力道竟大得將他的身體打下石椅，令他狼狽地滾了一身的泥。「哎……哎唷……」皇太子渾身溼透，頭髮狼狽地貼滿了肉臉。

沈璃這些動作不過是在瞬息完成，院中一時竟沒有別的人跳出來制止沈璃，像是都被她嚇呆了一般。

沈璃大步上前，一把揪住皇太子的衣領，將他從地上拽起來，盯著他的丹鳳眼問：「滾，還是死？」她身上煞氣澎湃，眼睛在黑夜中隱隱泛出駭人的紅光。

「大……大膽妖孽……」太子嚇得渾身抽搐，故作淡定地說出這幾字，但見沈璃眼中紅光更甚，他立馬道：「走，走！」

沈璃拽著他的衣領，將他拖到門口，拉開院門扔到院子外面，金貴的皇太子立時被眾人接住。有侍衛拔刀出鞘，沈璃一聲冷笑，只盯著皇太子道：「看來你們是想死在這裡。」

皇太子連滾帶爬地鑽進轎子裡，大喊：「走！還不快走！你們這群廢物！」

一陣兵荒馬亂之後，小院又恢復寂靜，沈璃沒好氣地關上門，但見行雲正用涼了的溼衣裳捂著自己的臉，然後又望著一院子溼淋淋的地嘆氣，沈璃心中莫名一火：「你是傻嗎？平日裡看起來高深莫測，怎麼在別人面前就只有挨欺負的份兒！」

行雲望著氣呼呼的沈璃，輕輕一笑：「我沒妳厲害，也沒妳想的那麼厲害。」他不過是個凡人而已，逃不脫生老病死，也離不開這俗世紅塵。

看著他臉上被燙出的紅印和略微蒼白的唇色，沈璃忽覺喉頭一梗，不知該說什麼好了。是啊，他本來就是個普通人，這麼點溫度的水都能將他燙傷，一旦有學武之人制住他，他便半分也動不了，能知天命讓他看起來好似無所不能，但離開那個能力，他只是血肉之軀，也會輕易地死掉。

那……他到底是哪兒來的底氣活得這麼淡定！

沈璃一聲嘆息，往石椅上一坐，沉默了半晌，撇過頭，含糊不清地問：「今天，我這麼做，是不是讓事情變得糟糕……給你添麻煩了？」

雖然她揍人揍得很爽快……但碧蒼王能在惹事後省悟，明白自己惹了麻煩，這要是傳回魔界，不知多少人又得驚嘆。

「是也不是，左右這婁子是我自己捅的，妳不過是讓它破得更大了一些。」

沈璃好奇：「你到底與他說什麼了？」

行雲笑望她道：「大致歸納一下，可以這樣說，他讓我做他的人，我不允；他威脅我要踏平此處，我笑他只能坐平此處；他惱我笑他身材，便動手，而後又讓妳揍了回去。」行雲無奈地搖頭：「看來說人身材實在是大忌。」

沈璃心道：「活該！你嘴賤啊……」

行雲唇邊的笑忽然微微一斂：「此人固執傲慢，又時時盼著自己父親、兄弟早些死去，若將國家交給這種人，只怕天下難安。」他仰頭望天上的星星，看了半晌道：「天下怕是要易主。」

沈璃奇怪：「你不是不喜歡占卜算命、預知未來嗎？」

「這不是占卜。事關國運，我便是想算也算不出什麼來。」行雲起身回屋，聲音遠遠地傳來，「他的品行是我看出來的，至於未來……卻可以讓它慢慢往那個方向發展。」

又說得這麼高深莫測，沈璃撇嘴，她已經摸不清這人到底是強大還是弱小了。

「沈璃，幫我提點水來，我要熬藥膏。不好好處理，我可要破相了。」

沈璃咬牙：「使喚人倒是高手。」話音一頓，她才反應過來似地揚聲道：「我為什麼得幫你的忙啊？」皇太子也好，提水也罷，這都是他的事，為何現在她都摻和進來了？她現在該考慮的明明就只有『什麼時候離開這裡』這一件事而已啊！

廚房裡忽然傳來兩聲悶咳，沈璃惱怒的表情微微一斂，只嘆息了一聲，便乖乖地走到水缸前舀了一桶水拎到廚房去。「自己回去躺著。」沈璃將行雲從灶臺邊擠開，「我來弄。」

行雲一怔，在旁邊站著沒動，見沈璃將藥罐子鼓搗了一會兒，然後轉頭問他：「藥膏……怎麼弄？」

行雲低低一笑：「還是我來吧。」

沈璃幫不上忙，只能在一旁站著，靜靜地看著行雲搗藥，難得安靜地與他相處。看了許久，在行雲藥都快熬好時，沈璃忽然道：「今日我若是不在，你待如何？明明禁不住打，卻還要裝成一副什麼都行的樣子。」

「妳若是不在，我自然就不會那麼猖狂。」行雲一邊攪拌罐裡的藥，一邊道：「可妳不是在嘛。」他說得自然，聽得沈璃微微一愣，他卻看也不看沈璃一眼，繼續笑道：「妳比我還猖狂許多啊，襯得我那麼隨和。光是那一身剽悍之氣，便令人嘆服。十分帥氣。」

帥……帥氣……

何曾有男子這般直接誇過沈璃，她生氣時渾身散出的凶煞之氣，有時甚至讓魔君都覺得無奈，誰會來誇獎那樣的她。

沈璃愣愣地望著行雲微笑的側顏，雖然他臉上還有被燙紅的痕跡，但這並不影響他的容貌，也不影響他撩動沈璃的心弦。

「……妳把那塊布遞我一下，罐子太燙，拿不起來。」行雲似乎說了什麼話，沈璃恍神間只聽見了後面幾個字，她的腦子還處在因為悸動而有幾分迷糊的狀態，察覺到行雲要轉頭看她，沈璃立馬移開了眼神，伸手便去拿藥罐。行雲還沒來得及阻止，她握著滾燙的藥罐把手，已經把裡面的藥都倒進了盆裡。

直到放下藥罐，沈璃才反應過來掌心有點灼痛。她眨巴了兩下眼睛，把掌心在身上胡亂抹了兩下。「給，藥倒好了。」

行雲看得愣神，但看見沈璃像小孩一樣把手藏在背後抹，嘆息道：「好歹也是個姑娘家，還真將自己當男人使了嗎……」他輕輕拽出沈璃藏在背後的手，藉著燈光仔細打量了一番，手掌和指腹燙得有些紅腫，但若換成平常人，這手怕已燙壞了吧。他道：「男人的手也不是妳這麼使的……這燙傷的藥膏待我做好之後，正好可以一起敷。」

被行雲握住手腕，感覺有些奇怪，沈璃不自在地抽開手，些許慌亂之間，她隨意揀了個話題道：「昨天，我就說你是哪個禿驢座下的弟子，你都計較得拿臘肉來氣我，這下你在那皇太子手裡受了兩次傷，怎麼沒見你生氣？你是覺得我好欺負一些嗎？」

「妳怎知我不生氣？」行雲將藥渣濾出來碾碎，「只是收拾人這事，是最著不得急的。」

沈璃一愣，望他：「你？收拾皇太子？」

行雲淺笑：「我約莫是不行的，但借刀殺人卻可以試試。沈璃，明天陪我出門吧。」

「喔……嗯？等等，為什麼你讓我陪我就得陪！」

為什麼讓沈璃陪，自是因為鬧了那麼一齣，這之後的日子裡怎會沒有殺手在身邊潛伏。

皇太子受了氣，豈有不找回來的道理；然而他前來占卜問卦的事自是不會讓皇帝知道，所以要殺掉沈璃和行雲只會在暗地裡動手。

而昨天眾人有目共睹，行雲不會武功，只有沈璃才是最大的威脅，皇太子派來的殺手不是傻子，他們自會挑行雲落單時下手。至於之後能不能對付沈璃——先取了一人性命交差再說。

行雲豈會想不通這之間的關節，自然得時時刻刻拉著沈璃一路走。

然而，當沈璃看見門楣上那幾個字時，眉頭一皺：「睿王府？」

行雲點頭：「皇帝有七子，皇太子為嫡長，這睿王是庶出的長子，可他母妃如今榮寵正盛，其背後更是有冗雜的世家力量根植朝堂，若要論誰能與皇太子相抗，唯有他了。」

沈璃聽得怔愣：「你平時看似淡泊，這些事倒知道得清楚。」

「昨晚之前，我確實一點不知。」行雲淺笑，「不過要收拾人，總得做點準備才是。」行雲話音剛落，忽聽街拐角處傳來鞭響，這是清道的聲音，鞭響至府門轉角處便停住。不一會兒，一駕馬車在侍衛的護送下慢慢駛來，行雲緩步走上前，揚聲道：「方士行雲求見睿王！」

馬車裡沉默了一會兒：「方士？」沙啞的聲音不太好聽，他像是冷笑了兩聲：「好大膽的方士，你可知今上最厭惡的便是爾等這些招搖撞騙、妖言惑眾之人，本王亦然。」

行雲一笑：「如此，殿下可叫我謀士。在下有一計欲獻於殿下，可助殿下成謀略之事，不知殿下意下如何？」

「本王為何信你？」

「昨夜皇太子欲尋此計而未得……」行雲一句話說一半，便笑道：「殿下若有心，不妨入府再談。」

馬車簾子掀開，一名身著絳紫色錦服的男子自車中踏出，他身姿英挺，只是面部不知被什麼東西劃過，一道傷疤從左側額頭一直延伸至嘴角，看起來猙獰可怖。

沈璃心道，這當今皇帝必是做過什麼天怒人怨的事情，所以都報應到兒子身上來了……

睿王將行雲上下一打量，又瞟了一眼一旁的沈璃，聲音沙啞地說：

「把他們帶去後院。」

王府自是極大的，亭臺樓閣一樣不少。沈璃長在魔界那窮山惡水的地方，毗鄰墟天淵。傳聞墟天淵中鎮壓的盡是一些作惡多端的惡鬼妖獸，常年煞氣四溢，溢得魔界四處霧瘴，終年不見天日，便是魔君府裡也沒有生過一根草，更別提這滿院子的花和一湖波光瀲灩的水了。

此處大是大，光一個側廳便要比行雲的小院大上許多；美也極美，雕梁畫棟看得人目不暇接。但沈璃偏就不喜歡這裡，四處皆透著一股死氣與壓抑，並非景不好，而是太過刻意勾勒出的景將屋子裡的人心都掩蓋起來，比不上行雲的小院自然舒心，甚至比不上魔界荒地的自由自在。

跟著府中下人行至一處花園，亭臺中，睿王已換好了衣物坐在那裡觀景。行雲與睿王見過禮，打了兩句官腔便聊起朝堂政事，沈璃聽得犯睏，尿遁逃走。其時，睿王已與行雲聊起勁了，哪兒還有工夫管她。

離開後院，沈璃輕而易舉地甩掉幾個引路的奴僕，自己大搖大擺地逛起王府來。

池塘小荷方露角，沈璃看得動心，將身子探出白玉石欄，便要去將那花苞摘下，忽聞背後一女子驚呼：「妳做什麼？別動我的荷花！」

沈璃聞言收手，側身欲看背後是誰，不料一個身影竟在她側身的時候往前撲來，這廊橋護欄本就矮，那女子這麼一撲，大半個身子都衝了出去。沈璃手快，一把拽住她的腰帶，將她往回拉，但不料力道一下沒控制住，竟是「嗤啦」一聲將她腰帶給扯斷了。

女子繁複的衣裙散開，裡面的褻褲也險些掉下來。她又是一聲驚呼，手忙腳亂地把自己的衣服拎住，可拎了上面顧不了下面，心中一急，只好蹲在地上把腦袋抱住。

姑娘好聰明！這樣丟了什麼也不會丟臉了！

沈璃心中感嘆，但手中握著那塊撕下來的碎布還是有點尷尬：「抱歉……我沒想到妳這衣服這麼……呃，這麼脆弱。」

聞言，姑娘悄悄從手臂裡抬起頭來，眼珠子直勾勾地盯著沈璃：「妳是女人？」

沈璃看了一下自己的胸。「很不明顯嗎？」

沈璃恢復了幾成法力，平日待在行雲的小院裡便沒有講究，一直穿著行雲那身髒衣服，反正她上戰場的衣服都比那髒十倍不止，所以她也就懶得換了。但今日要出門，行雲還特地要為她找件好點的衣裳，可翻了許久也沒翻出一件合適的來，沈璃一琢磨，乾脆一拍手，將素日的裝扮變了出來，束髮深衣，英俊有餘而纖柔不足。是以從背影上看，倒更像是個男子。

粉衣姑娘臉頰一紅，搖了搖頭，聲音軟軟的：「還是挺明顯的，只是從後面看不見。」

從後面看見了那才奇怪吧……

兩人沉默地對視了一會兒，沈璃見這姑娘膚如凝脂，眉如遠山，一雙桃花眼水靈靈地勾人，一時竟忍不住起了調戲之心。她倏地伸手拽了一下粉衣姑娘的衣裙，姑娘的臉頰紅得更厲害，蹲著悄悄往旁邊挪了兩步，沈璃覺得好玩，又拽了她兩下。

她終於忍不住開口求道：「姑……姑娘別玩……妳若好心，便幫我尋根腰帶來吧，我這樣……沒法起來走路。」

「腰帶，我這裡有啊。」說著沈璃便站起來解腰帶，她這衣裳，外面的束腰紫帶裝飾作用大過實際作用，衣服內裡還有一根細腰帶繫著下身衣物，她欲拿外面的紫色束腰給姑娘救急，但那姑娘卻忙伸手捂眼道：「使不得使不得！」

「沒事，我這裡面還有……」沈璃話未說完，忽聽一聲驚呼：「賊子大膽！竟敢在睿王府放肆！」

其時，沈璃站著解腰帶，姑娘蹲著捂眼，從背後看起來倒是一副沈璃要強迫人家的樣子。可沈璃卻不知這場景有何不對，她往後一看，兩名家丁打扮的人正急急往這邊奔來，粉衣姑娘蹲在地上又急急地衝著他們擺手：「別過來別過來！」

兩名家丁腳步一頓。「大膽小賊！竟敢挾持小荷姑娘！」

沈璃抽了抽嘴角：「不……」不等她說完，一名家丁已跑走，看樣子是去喊人了。沈璃心道糟糕，這姑娘褻褲掉了，待那人叫來一堆侍衛，難不成要一堆壯漢圍著看嗎……凡人女子對清譽看得重，這是要將她看死啊……

沈璃揉了揉額頭，轉頭對小荷道：「不如我先帶妳走。」

小荷已急出了一頭冷汗。「去……去哪兒？」

沈璃思量之間，那家丁已引著一隊侍衛走了過來。沈璃嘆息，小荷拽著她的衣襬急道：「這可如何是好啊？」

「當今之計，只有遁地而走。」

「燉什麼？」

兩人正說著，忽聽一聲低沉沙啞的訓斥：「吵什麼！」

小荷面上一喜，可想到如今這個狀況，愣是咬住嘴唇沒說話，她拽著沈璃的衣襬，往沈璃身後挪了幾步。沈璃往人群外一瞧，但見睿王與行雲一前一後地走了過來。

行雲遠遠地望了她一眼，一聲嘆息。他搖了搖頭，彷彿在說：「不過一會兒沒看見妳，怎麼又惹出事來了。」

睿王走近，打量了沈璃一眼，目光一轉，又落在蹲在地上的小荷身上。他眉頭一皺，聲音卻忽而柔和下來：「怎麼了？」小荷拽著沈璃的衣襬不說話，沈璃嘆息：「先讓你這府裡的侍衛們退開吧。」小荷附和地點頭。

睿王揮了揮手，眾人散去。察覺到小荷鬆開了手，沈璃立即挪到一邊，輕咳了兩聲。她還沒說話，便見睿王彎下身子，將耳朵放在小荷脣邊，小荷輕聲對他說了幾句，睿王一怔，脣角竟有弧度揚起，笑容柔和了他臉上的傷疤。

他脫下外衣，蓋在小荷身上，將她打橫抱起。將走之時，他忽而轉頭對行雲道：「公子不如在小王府中住下。」不過這麼一會兒的交談，睿王言語間已對行雲客氣了許多。這句話的涵義更是直接對行雲提出庇護。

沈璃一琢磨，也成，讓行雲在睿王府住下，她就可以放心離開了。哪承想行雲卻搖頭道：「多謝睿王好意，只是今日我獻計於睿王，便是求能安心住在自己的小院中，而且，我若住進來，怕是會給睿王帶來些許不便。今日在下就先告辭了。」

睿王也不強留，點點頭，讓行雲自行離去。

「你倒真是片刻也不得消停。」待人走後，行雲上前數落沈璃，沈璃卻難得沒有與他嗆聲，反而望著睿王離去的方向皺眉深思。行雲看了她一會兒。「妳莫不是看上人家姑娘了吧？」

沈璃挑眉：「不，我只是奇怪，一國皇子為何要豢養妖靈。」

行雲微怔，沈璃擺手：「算了，也不關我的事。」她一轉頭，盯著行雲道：「倒是你，為何不順勢留在王府中？你這樣……」讓她怎麼走。

沈璃話沒出口，行雲拍了拍她的腦袋：「別吵了，睿王大方，給了我一些銀錢，今天去買肉吃吧。」

沈璃動了動嘴角，終是沒有說話，罷了，看在這麼多天相處的分兒上，就再護他幾天吧。

熏香嫋嫋，窗戶掩得死緊，牆壁四周都貼上了避邪的符紙。皇太子坐在檀木桌後，神色冰冷：「睿王府，他們倒是會找地方。」青玉佛珠被狠狠拍在桌上，震得瓷杯一顫，水紋顫動，跪於桌前的黑衣殺手靜默無言。「這下，我可是更留不得他們了。苻生！和尚和那幾個方外術士在哪兒？」

「回皇太子，已在門外候著了。」

皇太子滿意地點了點頭：「哼，好，我倒看看，那妖孽還有什麼能耐。」

小院中的葡萄葉隨風而舞，沈璃望著葉子，覺著自己約莫是吃不到葡萄了。行雲做的東西那麼好吃，他種的果樹結的果子應該也很甜吧。她決心自己要在三天之內走掉，不管行雲這裡到時候變成什麼樣子，她也不能再留下去了，到時候只會讓事情變得更糟。皇太子的威脅尚能在睿王府避開，但是魔界的威脅……哪兒是一個凡人應付得了的。

「撲通」一聲響，沈璃探腦袋往前院一望，見行雲正在費力地搬動院中的石頭，汗水從他臉上淌下，他像是在計算著什麼一般，嘴脣輕動，念念有詞。沈璃鮮少見到他如此認真的表情，不由得一時看呆了，心裡忽然冒出一個想法：若是沒有那紙婚約就好了。

若是沒有那婚約，她就不用逃婚，也不用這麼著急離開，她就可以……

可以……什麼？

沈璃恍然回神，被自己突然竄出的念頭驚得忘了眨眼。她心裡到底在期盼些什麼啊……

「沈璃。」一聲呼喚自前院傳來，打斷了沈璃的思緒，她甩開腦子裡紛雜的思緒，往前院走去。

前院之前散亂放著的零星石頭都已經被重新排列過，行雲站在大水缸前對沈璃招了招手：「咱們一起來抬一下這水缸。」

沈璃一撇嘴，走過去，單手將半人高的水缸一拎，問：「放哪兒？」

「那邊牆角。」行雲一指，看著沈璃輕而易舉地把水缸拎了過去，他道：「屋裡的陣法被我改成了極凶之陣，特別是到晚上，這陣法尤其厲害，妳記住別到前院來，要出門也得和我一起出去。」

沈璃知道行雲在這方面有點本事，但卻始終覺得他不過一個凡人，凝聚日月精華的陣法擺得好，卻不一定能擺出什麼凶陣來，再凶煞的陣法，還能凶得過她這魔界一霸？是以她只將行雲這話當耳旁風聽了聽，半點沒放在心上，反而換了話題問：「怎麼突然改了陣法？」

行雲一笑：「還不是為了妳我能睡個好覺嘛。」

像是故意要和行雲的話作對似的，至夜，萬家燈火熄滅之時，小院外忽地響起此起彼伏的念經聲，行雲在裡屋用被子捂住耳朵嘆息：「沒料到他竟來如此拙劣的一手，實在是我太高估皇太子了。」他還沒念叨完，從隱隱約約鑽進耳朵的念經聲中，忽然傳來一聲清脆的響動。行雲立即翻身而起，抓了床頭的衣裳，隨手一披便走進廳裡。

沈璃變回人後，便一直睡在廳裡臨時用條凳搭成的床上，夜夜他起來喝水都能看見她穩穩地躺在窄窄的條凳上，望他一眼，又繼續睡覺，是生性警惕，也是對他的放心。

而今天沈璃沒有躺在條凳上。行雲心道不好，忙走到廳門口，往院裡一望，已有五個人在凶陣中倒下，除了三名黑衣人，竟還有兩名道士打扮的人，他們皆面無血色地在地上虛弱喘息，而這院中唯有一人挺直背脊，像山峰一樣矗立在小院之中。這個叫沈璃的姑娘，好像從來不曾彎下她的膝蓋和背脊，要強得讓人無奈。

就在行雲嘆息的時候，沈璃緊閉的雙眼中忽然流下兩道血水，觸目驚心，偏生她的拳頭仍舊握得死緊，連脣角也不曾有一絲顫動。行雲知道這陣法並不會傷人性命，它只會觸發人心深處的恐懼，擊碎理智，讓人倒下。但若像沈璃這樣死撐，陣法中的力量便會越發強盛，行雲沒想過會有人在這種凶陣中硬撐這麼久，這樣下去，不知會發生什麼事⋯⋯

像是再也無法看下去一般，行雲竟沒按捺得住心裡的衝動，一步踏入前院，邁入他親手布下的凶陣之中。

這一瞬間，他看見沈璃忽然七竅流血，緊握的拳頭倏地鬆開，身體慢慢倒下。行雲閉眼，微微調整了呼吸，繼續邁步向前。等他再睜眼時，剛才那些畫面便如同一個夢，不復存在，沈璃仍舊握著拳頭站在那裡，臉上也只有兩道血痕。

沈璃沒有行雲那般定力，她的世界都在傾塌，魔界的子民盡數消失於赤紅的熔岩之中，那些驍勇善戰的將士向她伸出求救的手，而她卻被束縛著無法動作，巍峨的魔宮化為塵土。她為魔君的生死而擔心，恍然回頭，卻見一襲黑袍的魔君將她雙手縛住，聲音冰冷：「這兒本就是個不該存在的地方。你們也不該……」心頭一空，沈璃還沒來得及開口，忽見魔君張開了嘴，一口咬在她脖子上，撕下她的皮肉，要將她活活吃掉！

不……

「沈璃。」一聲輕淺的呼喚彷彿自極遠處飄來，卻定格了所有畫面，「醒過來。」

誰在叫她……

沈璃的眼睛一痛，一張莫名熟悉的臉龐闖入視線之中。「都是假的，沒事了。」

那些紛亂的赤紅畫面都漸漸褪色，雙手不再被束縛，沈璃看著那人周圍的場景慢慢變得真實，還是那個小院，院外有念經的聲音，行雲正用手撐開她的眼皮，「呼——」往裡面吹了口氣，又道：「快醒來。」

眼睛被吹得乾澀不已，沈璃忍耐著閉上眼。行雲卻道她未醒，又強行扒開她的眼皮，深吸了一口氣，正要吹，沈璃扭頭躲開。「別吹了。」她用手背揉了揉眼睛，「快瞎了。」

行雲笑道：「這不先幫妳把惡夢吹跑了嘛。」他將沈璃另一隻手一拽，「總之，先離開這個凶陣吧。」

沈璃被他牽著走，看著自己手背上印下來的血痕，她失神地怔了一會兒，這個凶陣，當真如此厲害嗎……她抬頭望著行雲的背影，失神地問：「因為你是布陣者，所以凶陣不會傷害你嗎？」

「不會傷害我？這不過是個陣法，它怎麼會認人呢。」行雲的聲音淡淡的，「不過是心無所懼，讓這陣無機可乘罷了。」

心無所懼……沈璃沉默，心無所懼又何嘗不是心無所念呢。行雲此人，實在太過寡淡。不過……沈璃垂眸，目光落在和他相握的手上，這人……也莫名讓人覺得安心呢。

行雲一言不發地拉著沈璃走到廳裡，隻字不提剛才踏入陣時那一瞬間看到的畫面。

「這些人怎麼辦？」沈璃指著地上躺著的幾人。

「等天亮之後，把他們拖出去便可。」

「外面念經的和尚呢？」

行雲沉吟，忽然，念經的聲音一停。「都是廢物！」外面一個青年的聲音尤為突出，他冷聲下令道：「直接給我燒了。」緊接著，一支燃燒的箭猛地自屋外射進來，扎在屋簷上，木製的屋頂沒一會兒便跟著燃了起來，像是觸動了機關一般，無數的箭從外面射進屋來。

沈璃皺眉：「他們自己的人都還沒出去，便想著放火嗎？」

行雲沒有應聲，扭頭往後院一看，那裡也是一片火光。葡萄架燒得微微傾斜，屋內凶陣的氣息漸漸減弱。他這小院裡的物體皆是陣中的一部分，彼此息息相關，一物受損必會牽連整個陣法。行雲見此境況，眉宇間卻沒有愁色，反而笑道：「這麼多年，我倒是把人心想得太好了。」

他這小院左右都連著鄰里，若此處燒了起來，必會殃及旁人。他本以為皇太子只會對付他一人，卻沒想到，王公貴族竟把百姓的命看得如此輕賤。

「是我考慮得不周全，害了旁人。」

沈璃瞥了他一眼：「你也會愧疚？」

行雲淺笑不語，只是脣角的弧度有些勉強。沈璃挪開目光，將臉上的血痕胡亂一抹，邁出兩步，聲音微沉：「我最後幫你一次，今天這院落燒了，明天你便去睿王府吧，我也該走了。」

她第一次把離開的事說出口，行雲一愣，只見她手一揮，銀白的光華在她手中凝聚。不過一瞬，一桿紅纓銀槍驀地出現在她手中，槍上森森寒氣逼人，映著火光，在沈璃手中一轉，流轉出了一絲鋒利的殺氣。

沈璃腳下用力，逕直撞破屋頂，躍入空中，手中銀槍在空中劃出四道痕跡。她一聲喝，四道銀光落下，行雲的小院四周院牆轟然坍塌，與周圍的房子隔出了兩尺來寬的距離。今夜無風，這裡的火燒不到別人家了。

沈璃身形一閃，落在院中，此時沒了院牆的阻隔，她清清楚楚地看見外面的人，數十名侍衛握著弓，顫抖著往後退，唯有一名青年站在人群之外，冷眼盯著她。她毫不客氣把地上暈倒的五人盡數踢出去，讓侍衛們接了個滿懷。「本王今日不想見血。都滾吧。」

青年雙眼一眯，正要開口，他身旁立即有侍衛阻攔道：「苻生大人，小心，這妖孽厲害……」

皇太子不放心，竟是將自己的親信也派了過來。苻生聞言冷笑：「今上有七子，皆可稱王，妳這妖孽何以為王！」

沈璃的笑卻比他更冷：「乃是混世魔王！」言罷她銀槍一揮，銀光劃過，眾人只覺腰間一鬆，佩的刀稀里嘩啦地落了一地，而與他們的刀一起落下的還有眾人的腰帶與褲子。眾人一慌，手忙腳亂地提褲子。

沈璃勾唇一笑，唇角弧度還沒變大，背後就有一雙溫暖的手捂住了她的眼睛，行雲語帶嘆息：「別看，多髒。」

沈璃一愣，任由溫熱的手掌覆在臉上，她一時竟忘了喝斥他放開。不管沈璃這些日子在行雲面前做過多剽悍的事情，他好像一直都用平常的方式將她當一個姑娘家在對待，把她當作一個真正的女子……

眾人見此景，忙撿了刀拎著褲子跑了。苻生腰間的帶子似與別人不一樣，他神色未顯半絲窘迫，反而暗含幾分深思，目光在沈璃身上停留了片刻，竟也不再發聲刁難，轉身離去，唯餘燒得火光沖天的屋子和院前過於淡然的兩人。

沈璃收了銀槍，卻沒有撥開行雲的手，睫毛在他掌心刷過，她道：「走吧，我送你去睿王府。」然後她就該離開了。

「嗯。」行雲應了一聲，放開沈璃，卻望著大火道：「再等等吧。」

沈璃側頭望向行雲，見他瞳孔中映著熊熊烈火，唇角難得沒有了弧度。她恍然憶起行雲昨日對睿王說的話，他是想守住這個小院，因為這裡是他的家，而他的容身之處如今付之一炬，他的心情怎會好受。

沈璃拳頭一緊，若是可以，她想向那皇太子討回這一筆帳，只是她如今在此處動用了法力，魔界追兵只怕不日便會殺來，她不能繼續逗留了。沈璃望著漸漸化為灰燼的小院。她知道在這裡的日子確實應該告一段落了，但是，心裡這種從未有過的堵塞感，到底是怎麼回事……

「不知還要燒多久呢。」在沈璃垂眸不語時，行雲忽然喃喃自語道：「這樣燒完之後，不知道後院池塘裡那幾條魚能不能撿來吃了，白養這麼些日子，多可惜。」

「你……竟是在琢磨這個？」

「不然……還能琢磨什麼？」

沈璃深呼吸，拽著行雲的衣領，疾步而走。

第四章

血色之夜的表白

睿王府的花園中一片寂靜，銀光一閃，兩個人驀地出現在花園小亭之中，行雲藉著月光將四周一打量，感嘆道：「還是瞬息千里的法術來得方便，不過，為何要來這無人的花園？」

「你當我想來啊？」沈璃道：「這不是找不到睿王的臥寢嘛！」

行雲失笑：「還是得自己找啊。」他邁步欲踏出小亭，沈璃卻一把拽住他的手腕嘆道：「你難道看不出來這裡的奇怪嗎？」

「哪裡奇怪？」行雲耳邊只聞蟲鳴，眼中也只看見了月色下花草樹木的影子，與尋常夜晚沒有什麼不一樣。沈璃手一揮，不知抓了個什麼東西在掌心，聲音微凝：「白天我竟沒看出來，這睿王府裡竟養了這麼多未成形的妖靈。」

行雲一挑眉，在沈璃不注意的時候抽出了手腕，邁步走出亭子，在沈璃出聲阻止之前，他張開雙臂走了兩步，轉過身來對沈璃道：「此處沒有惡意。我雖見不到所謂的『妖靈』，但約莫能感覺出來這裡的氣息。沈璃，妳多慮了。」

並不是沈璃多慮了，而是因為行雲看不見，所以他不知道，此處天上地下滿是散發著微光的圓球，如同盛夏夜的螢火蟲一般鋪天蓋地，攜著月色照亮了花園的每一個角落。他也不知道，在他張開雙臂的一剎那，他就像世間凡人敬仰的神明，擁抱了最美的光芒，耀眼得讓沈璃瞇起眼，微微失了神。

這個男子，是將她從混亂惡夢中喚醒的人，是在細雨朦朧的堤壩上為她撐開傘的人，是在透過葡萄架的陽光下閉眼小憩的人。明明比她弱小許多，卻偏偏能讓她感到安心，這樣的人……

「走吧。」行雲在兩步遠的地方對沈璃伸出了手，「妳若怕，我牽著妳就是。」

他是真的把她當女子來對待，也不看看……

沈璃握住他的手，一用力，將他拉得踉蹌上前兩步，行雲還沒站穩身子，便被沈璃拽住了衣襟，行雲微微怔然地抬頭望著沈璃：「這是怎麼了？」

「你也不看看，站在你面前的是誰。」

行雲愣了許久，接著無奈一笑：「是，沈大王，是我的不是，小瞧妳了……」

「你且聽好，我要通知你一件事。」沈璃並不聽行雲的話，只是目不轉睛地盯著他，正色道：「我約莫是看上你了。」

蟲鳴聲不止，沈璃的言語卻讓行雲的耳朵裡靜了許久，他也目不轉睛地盯著沈璃，然後一咧嘴，笑了：「呵，知道了，走吧。」

他……當她玩他呢這是？這麼敷衍……這麼個連敷衍也算不上的回答算怎麼回事啊！還有那個笑容！那是什麼笑容啊!?連嘲笑都比它更帶有褒義成分啊！

沈璃拽著行雲衣襟的手顫了一下，還沒來得及將心裡的火氣爆發出來，她鼻翼倏地一動，一絲極淡的氣息在空中飄過。沈璃立時收斂了所有情緒，渾身緊繃地戒備起來。

是魔氣。極淡卻無法讓人忽視它的存在。沈璃鬆開行雲的衣襟，仰頭望向夜空，小院裡漫天飛舞的小妖靈阻擋了她的視線，她只嗅到了那一瞬，隱約察覺到是自東南方傳來的，但等她再要細探時，那氣息已無處可尋。

沈璃眉頭微蹙，這股魔氣，不像是魔界追兵會散出來的氣息，不大尋常……

她正想著，周遭氣息忽然一動，本是白色光團的小妖靈彷彿被什麼氣息侵擾了一般，皆頓在空中沒了動作。沈璃心道不好，忙將行雲拽到自己身後，周身法力散出，震開身邊妖靈，但見那些光團飄在空中，慢慢開始顫動，然後漸漸由內至外變成了血紅色。

「怎麼了？」行雲聲音微沉，想來是也感覺到了氣息的變化。

沈璃搖頭：「總之不是什麼好事，咱們先離開花園，找到睿王。」若睿王出了什麼事，行雲可就真的沒有地方可去了。

沈璃話音未落，忽聞夜空之中傳來一聲駭人的女子尖叫，其聲淒厲，好似含了無數的怨與恨。空中妖靈像是被這聲尖叫刺激到了一般，劇烈地顫抖起來，有的甚至發出了小孩的啼哭聲，在黑夜裡聽起來尤為瘮人。

行雲眉頭微皺，道：「趕快離開這裡。」

連行雲也聽到了嗎？那麼……沈璃一揮手，法力蠻橫而出，逕直在滿是妖靈的花園裡劈出一條道路，她帶著行雲快步向外面走去。其時，已經能聽到睿王府中此起彼伏的驚呼。

「妖怪啊！」

「救命！」

走出被圍牆圍住的花園，沈璃為眼前的景象一呆，偌大的睿王府中，四處皆是血紅的妖靈，有的已經化為幼子，像剛出生的孩子一樣帶著一身的血，趴在地上、走廊上，有的甚至趴在人身上，它們不停地啼哭，流出的血淚似是有劇毒，將人的皮膚灼傷。侍衛與女僕慌不擇路地亂跑，火把的光芒與妖靈的血光亂成一團，晃得沈璃眼花，宛如她惡夢中的地獄一般，令人心生恐懼。

行雲眉頭緊皺，沈璃喃喃自語：「妖靈噬主，是豢養妖靈失敗了。得趕快找到睿王。」

妖靈不易得，成百上千萬生靈當中，或可得一生靈天資聰穎，能化為人形，成為完整的妖靈，別的生靈就算日夜悉心照料，最多也只是空有靈體，沒有靈識，無法化靈。睿王這府中怕是只有那小荷一個得以化靈，成了人形。但是就白日的情況來看，小荷無論如何也不會突然心生如此大的怨恨，要怒而噬主，為什麼會突然變成這樣……

沈璃想到方才那絲瞬間消失的魔氣，臉色有些沉重。

「沈璃。」行雲忽然指著東南角道：「睿王的住處在那邊。」

沈璃抬頭一望，東南角處，已看不見樓房，只有一群發光的血嬰兒爬滿了房子，像是要將房子一起吃掉一般。沈璃心頭一顫，她回頭看了行雲一眼，本想將他留在這裡，但血嬰兒們也慢慢往他們身邊爬來，沈璃一咬牙，將行雲的手一握：「待會兒不管怎樣，都別離開我身邊三步。」

行雲一笑：「握得這麼緊，我可甩不開。」

行雲眼前一黑，待他再睜眼時，已到了一間屋子裡面，素日氣派的房間，今日到處都在滴血，是外面的血嬰兒們滴落進來的血。一滴血在行雲沒留意時滴在他手上，他只覺一陣灼心的疼痛，手上青煙一冒，破了一個焦黑的洞。

行雲沒有吭聲，沈璃也不知道，她左右一看，在書櫃後發現一扇暗門，暗門未關，通向漆黑的內室。沈璃以手為托，一簇明亮的火焰在掌心燃起，她走在前面，牽著行雲，每一步都踏得小心。

「啊！」

又是一聲尖叫，在狹窄的暗道中迴響得更加刺耳，沈璃心中更急，若是睿王死了⋯⋯

掌心的火光照到前方的出口處，是一個寬敞的房間，有燭火在裡面燃燒。他們還未走進房間，便聽見小荷淒厲的聲音：「朱成錦！你活不了，她也活不了！你們都得死！」

他們踏入房間，沈璃一腳踹翻擋住視線的屏風，只見小荷黑髮散亂，人如怨鬼一般飄在空中，而睿王手握三尺青鋒劍守在一張床榻邊，脣角已現血跡。在他死守的床榻之上，一個臉色蒼白的女子靜靜地和衣躺著，神色安詳，彷彿已睡了許多年。

沈璃與行雲二人的突然闖入讓小荷一驚，她用血紅的眼睛望向兩人，張嘴厲喝：「攔我者死！」妖氣如刀，從小荷嘴裡刺出，割裂空氣，逕直殺向沈璃與行雲。

沈璃擋在行雲身前，手一揮，妖氣如同撞上了一個無形的罩子，盡數散開，但其中暗含的怨憤之氣卻依舊籠罩在沈璃面前，濃厚得讓她皺了眉頭：「我還是比較喜歡妳臉紅害羞的模樣。妳若自己不變回去，我便讓妳再也變不回去。」話音未落，紅纓銀槍在掌中顯現，她剛動殺心，忽聽睿王低聲道：「不得傷她。」

他聲音嘶啞至極，但卻字字清晰。若不是此情此景，沈璃還以為睿王是真愛極了小荷，連這樣的情況也捨不得傷她半分。

「不得傷我？」小荷聞言，喉頭發出的聲音竟似笑似哭，「朱成錦……朱成錦！你是慈悲還是殘忍？」小荷聲音一頓，周身戾氣更甚。「既然如此，你們就一起死吧！」

地面顫動，一聲崩塌的巨響自洞外傳來。沈璃心道：定是那些血嬰兒壓倒了外面的房子，此處在地底，並未受到影響，只是進入這裡只有那麼一個通道，此時洞口封住，無疑是想將這裡的人都活埋在地底。不用小荷動手，待空氣用盡，所有人都會窒息而死。

「你守著她，你可以永遠守著她了。」小荷身影漸淡，「而我，要毀了你整個睿王府。」外面的小妖靈皆是受小荷影響，此時殺了她，或者除去她身上的戾氣，外面的妖靈自會恢復常態。想明白此處關節，沈璃周身殺氣一厲，巨大的壓力猛地壓向小荷，像要將她擠碎一般，小荷面色霎時蒼白，忍著疼痛捂住頭。

睿王回頭看了看躺在床上的女子，又望了望小荷，還未來得及說話，小荷忽然一聲嗚咽，身形一隱，看似要逃！沈璃身形一閃，欲上前抓住她。但沈璃忘了，此時行雲正牽著她的另一隻手，她的動作被稍一牽絆，便沒來得及將小荷擒住。

沈璃一咬牙，氣憤地將行雲的手狠狠甩開，她回頭瞪著一臉無辜的行雲，還未說話，行雲便嘆息道：「先前，可是妳讓我握緊些。」

沈璃噎住，憋著火狠狠瞪向睿王，見他臉色蒼白，沈璃也沒有急著問緣由，只道：「我先送你們兩個能動的人出去，待會兒再來把這女人扛出去。」

「不行。」

「不可。」

兩個男人同時開口，睿王瞧了行雲一眼，沉默下來。行雲嘆道：「此處擺了縛魂陣。」他望了床上的女子一眼：「離開這裡，她可就活不成了。」

聽聞此言，沈璃來了脾氣，瞪著睿王怒道：「說！怎麼回事！」

睿王這才吃力地撐起身子，在床邊坐下，此時哪兒還有工夫來追究沈璃這「大不敬」的態度，他望了床上躺著的女子一會兒，才沙啞道：「這是我的妻，睿王妃。三年前，我與她在一次外出中遇刺，我毀了半張臉，而她為護我，身中數刀，後又為我引開刺客，身墜懸崖……我在崖底尋到她，便將她帶回，安置在此處，等著她睜眼。」

沈璃皺眉：「只是等著？你這滿府的妖靈是怎麼回事？如今這化怨要

噬主的小荷又是怎麼回事？」

睿王沉默了半晌，終是答：「我將她帶回之時，所有人皆道她死了，讓我節哀，而我知道，葉詩這樣的女人，怎會這麼輕易地死掉。我遍尋仙法道術，終是求得兩個法子可喚醒她……」

他話未說完，沈璃已經明瞭，這兩個法子，便是縛魂陣與豢養妖靈，以命換命。

沈璃冷笑，毫不留情地戳穿他：「你自己沒護好妻子，讓她在三年前因你而死。而你接受不了現實，便妄想要她活過來，尋了逆行天道的法子將她的魂吊著，又養了妖靈，要以命換命。倒真是個自以為是的傢伙。」

睿王沉默：「那又如何，我只要葉詩醒來。」

沈璃眼睛微瞇，若不是此後行雲得由此人護著，她倒真想撒手不管，任由這自私王爺隨意折騰去。「如今小荷又為何變成這樣？」

睿王搖頭：「我每夜皆會來此地看望我妻子，今日不知為何，小荷竟闖了進來。她不知從哪裡得知的這些事情，生了怨恨。」

自然會生怨恨。沈璃道：「妖靈性子固執，她將你視作此生的唯一，而你卻是為了換另外一條命而打算殺她，她若不恨，便是當真傻了。更遑論……」沈璃看了床上的女子一眼，覺得這話沒必要說下去了。小荷喜歡睿王又如何，從始至終，這個王爺在意的只是他的妻。

其時，地面又是一顫，不知外面又是哪座樓閣倒了。沈璃略一沉思，對睿王正色道：「我不管你之前如何布局，今日已是如此局面，你既然無能為力，那接下來我便會照著我的方式來做。待找到小荷之後，若無法讓她散盡戾氣，我便會殺了她。」

睿王目光一冷，盯住沈璃，聽她清晰地說道：「你且記清楚，若小荷身死，連累了王妃，是我——沈璃殺了她，與旁人再無關係。」

在一旁沉默著的行雲倏地抬眼盯住沈璃，卻在她轉過頭的前一秒移開了目光。

沈璃自然而然地拽住行雲的手腕，道：「這裡被堵死了，那些血嬰兒暫時進不來，但空氣有限，留給他們活命。現在外面應該一片混亂，你與我出去，在府中擺避邪陣。讓那些無關的人離開睿王府，然後咱們便可以滿府地找妖怪了。」

行雲的目光不知落在什麼地方，只點頭稱好。

沈璃此時哪兒還有心思留意行雲的小動作，口中咒一念，便帶著行雲回到了地面上，此時天邊已隱隱透亮，陽光帶來的正氣讓滿地的血嬰兒有些使不出力，但即便如此，一夜的肆虐已讓睿王府中一片狼藉。傾塌的亭臺樓閣，睿王府中奴僕侍衛的屍體被血嬰兒們騎在身下，屍體的衣服與皮肉已被它們身上的液體侵蝕得殘缺不全，看起來可怖又噁心。

即便是見慣屍體的沈璃也看得頭皮一麻，手中銀槍一揮，殺氣激蕩而出，掃出一片乾淨的落腳之地。她對行雲道：「藉著朝陽初生，你先布陣，遏制住這些妖靈之後，還活著的人可趁此時機離開睿王府。」

行雲愣了一會兒，笑道：「妳以為布陣是件簡單的事？睿王府的格局我不甚瞭解，布不了陣。」

沈璃一愣：「既然如此，方才你在下面怎麼不說？若無法布陣，我只管一個人找小荷就是，我還帶你出來作甚。」

行雲輕咳了兩聲：「方才在下面沒聽見妳說什麼。」

「沒聽見你點什麼頭啊！你是在浪費我的時間嗎？」沈璃按捺住火氣，真是越忙的時候越添亂。這要是她帶的兵，她早讓人把這蠢兵拖下去抽一頓鞭子了。

她本打算送行雲到睿王府便走的，這都拖了多長時間了！她現在在這裡多待一刻便是多了一刻的危險，待魔界追兵尋來，她若與其動手，那可不是塌幾座房子的事情。

沈璃這念頭還沒在心裡想完，鼻子倏地嗅到一絲極為熟悉的魔氣，她心頭一緊，立時望向天際。但氣味近了，沈璃倒稍稍放下心來，只有一個人，她熟悉極了的一個人——

「墨方！」她向天一喝，一團黑氣倏地落在沈璃跟前，濃霧散去，墨方一襲黑衣束身的打扮，他在沈璃面前單膝跪地，恭敬行禮：「王上。」

自上次墨方以那樣的手段助她逃脫之後，沈璃心裡一直是感激他的，雖然之後遭到了一些非人待遇……但墨方對她的忠心卻是不容置疑的。沈璃拍了拍他的肩讓他起來。墨方卻叩頭道：「日前傷了王上，墨方罪該萬死。」

沈璃佯怒：「起來！我最煩別人和我來這套！」

行雲後退一步，靜靜地打量跪在地上的男子，沈璃知道他是心裡戒備，轉頭對他道：「無妨，他是我的屬下。」言罷，沈璃心頭一琢磨，覺得墨方必定有大事才會來找她，讓行雲知道太多魔界仙界的事情有些不妥。他一個凡人，能算凡間事，對身體已是極大的負擔，若再知道一點仙家祕聞，指不定哪天就被雷劈了。

沈璃將四周一打量，那些血嬰兒被陽光影響，已全部趴在地上不再動了，但為防萬一，沈璃還是將手中的紅纓銀槍遞給行雲道：「你拿著，暫時走遠點，我與他有事要談。這槍上有煞氣，小妖靈不敢對你如何。」

行雲沒說要拿，沈璃卻已將槍塞到了他懷裡，他看出白天血嬰兒們不會動，本想推託，但見跪著的墨方倏地抬頭，目光灼灼地盯著他，那眼神簡直像在說：「竟敢接王上的槍！該死！」行雲一默，於是將銀槍往懷裡一抱，慢悠悠地走到另一邊，末了還回頭沖墨方溫和一笑。

墨方拳頭一緊，沈璃卻笑著將他扶起，一巴掌拍在他手臂上。「好小子，我該多謝你上次傷我才是，不然我早被捉回去了！」墨方比她高出一個頭，沈璃往上一瞧，瞥見墨方頸項處還有一道疤痕，那是她的紅纓銀槍留下的，饒是魔族癒合能力再好，這疤也消不掉了。

沈璃一聲嘆息：「待日後這婚約廢除，我再回魔界，定要好好補償你。」

墨方垂頭：「屬下不敢。」墨方不再廢話，逕直道：「王上昨夜可是動用了法力？上面已有人察覺，追兵要來了，王上若再不走，只怕便再難走了。」

這個道理沈璃何嘗不知道，只是如今這狀況要她怎麼走？小荷若害死了睿王，朝中何人能與皇太子分庭抗禮，何人能保住行雲？

「今日我怕是還不能走。」沈璃用目光掃了一圈周圍的血嬰兒，「這裡還有事沒處理完。」

見沈璃為難，墨方也不由自主地蹙起了眉頭，他實在不願催促沈璃，但此事確實不能耽擱，他便抱拳勸道：「王上！離開之事不能再拖。王上若被帶回，魔君必不會讓王上再有機會出來。天界已在籌備婚事，彼時……」

彼時如何，沈璃比誰都清楚。她向後一望，行雲站在那處，拿她的紅纓銀槍好奇地對準一個血嬰兒的屁股扎了一下，血嬰兒連一聲啼哭都沒來得及發出，便被槍尖上的煞氣撕得灰飛煙滅，行雲似是極為驚訝，又轉來轉去地仔細研究起銀槍。

沈璃嘴角一抽，轉回頭來，揉了揉眉心：「嗯，我知道，只是現在我無法讓自己離開。」

「王上？」墨方微蹙的眉頭訴說著他的不解，在他的記憶裡，沈璃從來只說「做」與「不做」，鮮少有「無法」這樣的說法。「屬下不明。」

「這些日子我在凡間歷經數事，不經意間對一人上了心。」她話音一頓，望向行雲。墨方神色怔愣，追隨她的目光望向一旁的男子，那人的一身打扮在徹夜奔波之後顯得有些凌亂，臉色蒼白，氣短息弱，一看便是短命之相。

這是……讓王上動了心的人？

其時，行雲的手腕像是突然沒力了一般，銀槍沒有握住掉在地上，骨碌碌地往血嬰兒那邊滾去，銀槍周遭煞氣將那一群被陽光奪去力量的妖靈殺得片甲不留，而妖靈身中的怨氣也升騰而上，讓跟在妖靈後面追的行雲咳個不停。待他終於將銀槍撿起，人更憔悴了三分。

沈璃一聲輕輕嘆息：「便是這麼個人了，遇見之前，我也沒想到……」沈璃抬眼，見墨方眉頭緊皺，她道：「他與我們不同，那破爛身子折騰不了幾下便會死。現在我實在不放心留下他，我得將他安置穩妥之後才能離開。我雖看上了他，卻也知道人魔殊途，凡人壽命極短，下一世也延續不了上一世的記憶。」沈璃聲音一頓，語調平緩而堅定：「我不會和他在一起，只求能讓他此生平安。」

聽出她語氣中的堅決，墨方知道，沈璃決定的事情，不管別人怎麼說，她都會照著自己決定的方式來做。墨方目光微垂，沉默了半晌，半跪於地，甘心臣服：「屬下願為王上分憂，聽憑王上安排。」

「半日。」沈璃微一沉吟，轉過身走向行雲，「若能幫我拖延半日時間，我便可處理完此間事宜。」

「得令。」

沈璃回頭看了他一眼。「多謝。」

墨方目光微動，沒有更多的話語，身形如風，一閃便不見了人影。

沈璃從行雲手中拿過銀槍，行雲笑道：「妳這槍好生厲害。」

「能握它這麼久，你也挺厲害。」這銀槍殺了太多人，煞氣重，許多生靈見了它便害怕。行雲這傢伙性子淡漠，便是連恐懼、憂傷這樣的情緒也一併給淡沒了，從某種角度來說，他倒是個高手。

沒在這個話題上停留，沈璃抬步往前尋去，目光不停地在四周巡睃，她不知該怎麼找，所以領著行雲在院子裡轉來轉去也沒什麼結果，看著滿地的妖靈和慢慢流逝的時間，沈璃不由得皺了眉頭。

行雲淡淡瞥了她一眼，見她愁極了似地呢喃著：「妖靈還在王府裡，小荷必定沒有走遠，到底躲在哪裡……會在哪裡……」

眉頭都要夾死蚊子了，行雲心想，於是望了望天，道：「孩子在外面挨了打受了傷，除了往家裡跑，還能去哪裡。」

宛如醍醐灌頂，沈璃眼前一亮：「湖中荷花！」那是她的真身，現在她沒出來害人，必定是躲在其中！沈璃想通其中關節，心頭一喜，抬腳欲走，又倏地一頓，瞪著行雲：「聽你這語氣是早知道了吧？怎麼先前不告訴我！你是故意拖延我的時間吧！」

「怎麼會呢。」行雲笑得輕淺，「妳想多了，我只是覺得，以妳的聰穎，必定早已想出其中關鍵，不需要我提醒罷了。」

沈璃瞥了他一眼，沒有多言，只是心裡有種莫名的奇怪感，就好像從進入睿王府那一刻到現在，行雲都有意無意地礙著她的事，簡直就像……不想讓她把事盡快辦完一樣。

湖中一片慘淡，每隔幾尺的地方便有屍體漂浮其中。而湖上那朵未開的荷花已不復昨日粉嫩，花莖至花骨朵皆呈暗紅色，如同有血液在其中流淌一樣。

沈璃隨手撿了一顆石子，輕輕一扔，打在花骨朵上，她揚聲道：「出來。」沒有動靜，沈璃眼睛微微一瞇：「既然如此，便別怪我了。」她手中銀槍一轉，眼瞧著一道鋒利的殺氣便要斬斷花莖，手腕卻驀地被行雲拽住。沈璃皺眉：「作甚？」

行雲放手，輕聲道：「沒事，只是沒想到妳只說一句就要她性命。而且縱觀此事，她亦無辜。我怕妳這手一揮，了結了她的性命，回頭後悔。」

「你倒是突然有菩薩心腸了。」沈璃道：「我現在要結束這件事，她不合作，我便只好採取最直接的辦法。」她推開行雲，聲音微冷：「我非良善之輩，為了目的，我會把良心暫且放一放。讓開。」

對敵的時候，沈璃從來不會心慈手軟，這也是她年紀輕輕便被封王的原因之一。殺伐決斷，冷漠和殘忍，是上位者必須學習的東西。

行雲不再阻攔，默默地站到一邊，心裡卻在琢磨，這個叫沈璃的姑娘，到底還有多少面呢？真是讓人提起興趣想要研究下去呢……

「啊！」

湖中水紋震盪，一聲淒厲的尖叫自荷花中發出，小荷一身粉衣似是被血水染得赤紅。她捂著臉，慢慢在荷花上現出人形，若不是心中怨恨致使她面目猙獰，看起來倒是個亭亭玉立的荷花仙子，只可惜……

「為何要助他!?」小荷猩紅的眼直勾勾地瞪著沈璃，「妳為何要助他!?」她彷彿已失了理智，身形一晃便衝著沈璃撲來。

這倒省事，沈璃一把擒住撲來的小荷的手腕，扣住命門，將她的手往後背一擰，逕直將她擒住，接著把她脖子一攬，往廊橋邊的護欄上一放，將紅纓銀槍往空中一扔，銀槍隨即消失。在行雲略感詫異的目光中，沈璃的巴掌狠狠揮下，「啪」的一聲脆響，揍在小荷的臀部。「認錯！」

沈璃的巴掌不輕，打得小荷渾身一顫，但一身戾氣的妖靈豈會被巴掌打怕，她奮力掙扎：「我何錯之有！錯的是朱成錦！」

沈璃也不與她廢話，巴掌一個個接著打下，直打得小荷渾身抽搐，驚叫連連，最後連嗓子都喊啞了，終是慢慢恢復了理智，但嘴裡仍舊說著：「朱成錦負我！我定要讓他死無葬身之地，我要毀了睿王府！」

「認錯！」

「蒼天不仁！」

「認錯。」

「我沒錯……呃……」

「認錯。」沈璃不停地揍，直到小荷哭著大喊：「我錯了！別打了！我錯了！嗚嗚！」

「錯哪兒了？」沈璃停了手，這一頓打得她也有些手酸。

小荷身上的衣裳已經恢復了原來的顏色，湖中荷花也如昨日一般粉嫩，睿王府中的血嬰兒們此時已不見了蹤影，重新變回了靈體狀態的妖靈，在空氣中飄蕩著，人們無法看見。

小荷趴在護欄上哭得撕心裂肺：「我不該害了別人！我不該害了其他人！我錯了！」

沈璃這才放了她，任她趴在欄杆上，鼻涕眼淚一團一團地往湖裡掉。

行雲看得驚嘆：「原來化怨的妖靈也是怕挨打的。此招雖然簡單，但卻出奇地管用啊！」

「是你先前點醒了我。」沈璃望著還在號啕大哭的小荷道：「她可不就是個小孩脾氣嘛，被辜負了心意就想著報復，可又沒真正對那人下狠手。」即便是在那地室裡，她也是心念一動，堵住了出口，若她要殺睿王，那時便可直接動手了。

沈璃嘆道：「受了傷便往家裡躲，若沒這滿院子的妖靈，她怕是連磚也沒推翻一塊就藏起來了。這麼一個小屁孩性格的傢伙，自然得揍。不過她若是沒出來，我便只好動手將她殺了。斬草除根。」

行雲失笑，嘆道：「總之都是武力制伏。」

任由小荷傷心地哭了一陣，沈璃才拍了拍她的肩，道：「我同情妳，可事已至此，妳再哭也沒用。睿王府不是妳能繼續待下去的地方，妳走吧，回頭我便和睿王說已將妳殺了，他也不能奈我何。」

小荷慢慢止住哭聲，搖了搖頭：「我不……到現在，我還是不相信……」她渾身無力地蹲在地上，「對我那麼好的人，竟是……只把我當作一味藥材？對他來說，看見我便是看見了她活過來的希望……我只是那樣一個替代品啊！甚至連替代品也算不上。」

沈璃沉默，正不知該如何安慰她時，行雲突然開口：「嗯，沒錯，妳只是味藥材唷。就我看來，他們之間根本就沒有留縫隙讓妳插入嘛。」他這話說得輕描淡寫，沈璃斜眼瞥他，見他那張嘴裡又吐出了讓人不愉快的句子……

「肉雞尚且偷生，何況妳這聰慧的妖物呢，所以為了不被燉了，趕緊走吧。」

沈璃心道：「這種時候你提肉雞是何意啊！」

小荷將眼淚一抹，沉思了許久，最後卻道：「我還想見他一面……若我走了，以後就不能再見他了。雖然在他眼裡我什麼都不是，但自打看見這個世界的那一刻起，他就是我生命裡最重要的人。」小荷彷彿回憶起了許多過去的事，眼眶又慢慢紅了起來，「我那麼努力地變成人，學說話，學規矩，討他歡心……只是為了和他好好地在一起……不是為了讓他殺掉啊……」

沈璃一聲嘆息，蹲下來看她：「雖然這話有些殘忍，但妳也得聽著，那個睿王，從養妳的那一刻起便是為了把妳殺掉，於他而言，這是妳存在的唯一價值。別的事，不管妳做得再多，付出再慘烈，他都會無動於衷，那沒有意義，妳懂了嗎？」沈璃捧住她的臉，用拇指抹去她的眼淚，道：「所以，好姑娘，為了自己，趕快走吧。忘掉他，這人世間還有更多妳意想不到的精采。」

行雲在後面靜靜地打量沈璃，小荷也怔怔地盯著她，然後垂下腦袋：「姑娘灑脫，可我……」她語音一頓，將頭埋在膝蓋裡，仍舊不甘心道：「可我不甘心，我想問問他……和他相處這麼多天，我想知道，有沒有哪一個瞬間，他看我的時候，只想到了我，沒有想他的王妃……我有沒有哪一點，比過了他的王妃。」

沈璃抬頭與行雲對視一眼，行雲道：「去問吧，總歸是要徹底死一次心的。」

沈璃動了動嘴角，心道：還問什麼呢？事實不明擺著嗎？就算小荷樣樣比躺著的那個女子好，睿王喜歡的不是她啊，感情這種事，再如何深愛，有時候也逃不過一個「先來後到」。

但沈璃見小荷如此執著，便將話嚥進肚子裡，道：「走吧，去下面，待會兒妳躲在通道裡別出去，行雲你把她擋住。我將睿王帶走，妳愛怎麼看那女子都行。」左右那已經是個死人，小荷也沒法對她做什麼。

沈璃施術，三人轉瞬便移至地室通道處，沈璃對行雲使了個眼色，行雲乖乖擋住背後的小荷。沈璃這才走了出去，但見睿王還坐在床邊，眼睛緊緊地盯著床上的女子，她道：「小荷已被我殺了。」

一句輕淺淡然的話在地室裡迴響，睿王身子一僵，沒有轉過頭來。沈璃接著道：「王府裡那些化怨的妖靈已恢復正常，我來帶你出去。」

空蕩的房間裡安靜了許久，睿王倏的一聲低笑，聲音喑啞：「為何還要出去？」他俯身，在女子冰涼的額頭上落下一個輕吻，「葉詩醒不過來，朱成錦活著和死了，又有什麼區別？」

躲在黑暗通道中的小荷手一緊，眼中最後的光芒也暗淡下去。

「朱成錦此生所求太多，皇位，軍權。葉詩於我，不過是一個女人罷了，可數年相伴，我以為的無情，卻早已情入骨髓。這三年，我日日夢著她醒來，卻日日都在失望，我把所有期望寄託在小荷身上……如今她也死了。」睿王苦笑，「倒真是回首一場空。」

他給葉詩理了理頭髮：「你們走吧，我就在這裡陪著她，什麼也不要，哪兒也不去了。」

沈璃靜默，這一番話倒真是會讓人徹徹底底死一次心。可此時睿王若一心求死，那日後行雲……沈璃還沒想完，一道粉色的身影驀地自她身邊跑過，她一時愣神，竟沒來得及將她捉住。

只見小荷往睿王身前一站，「啪」的一巴掌打在睿王臉上，彷彿用盡了此生最大的力氣，她惡狠狠道：「我最討厭你！」

睿王怔怔地望著她，在眾人都尚未回過神來的時候，只見小荷身影倏地化為一道白光，竄進葉詩的身體之中。空氣中遺落的最後一滴淚滴落在睿王的手背之上，但卻在床上女子發出一聲悶咳之後，被睿王毫無察覺地甩掉。他目光灼灼地望著床上的女子，滿眼希冀。

沈璃只覺心頭一涼，為小荷不值。

「傻姑娘。」她輕聲嘆息，耳邊似乎還殘留著小荷消失之前哭泣的聲音。

「為什麼是我？為什麼是我……」

「要是從來都沒有變成人就好了，我要是從來都沒遇見過你就好了……」

她在他們的故事裡明明只是一個配角，為什麼還要傻得為這人去死。

「咯……咯……」床上的女子劇烈地嗆咳起來，睿王眼眸大亮，太多的喜悅讓他手足無措。「葉詩，葉詩……」他只呢喃著她的名字，將她小心地抱起，「妳等等，我這便帶妳出去。」睿王抱著她疾步走到沈璃面前，聲音焦灼：「出口堵了，勞煩妳。」

是讓這麼驕傲的王爺能心甘情願低頭求人的一個女子啊。沈璃拽住睿王的手，輕聲道：「小荷說，她那麼努力地做為人活著，不是為了讓你殺掉的，但現在她卻為了你，把自己殺了。」

睿王一怔，聽沈璃沒有情緒地說著：「怪我，是我大意了，豢養妖靈的人，怎麼會察覺不到自己養的妖靈存在的氣息呢。睿王這齣戲演得太好了。只是……」

她沒說完，但睿王豈會猜不到她接下來的話。

小荷看穿了他，卻還是傻得順了他的心意。一句「討厭」，既是討厭對她玩心計的睿王，又是討厭逃不脫他掌控的自己。

小荷真是個徹頭徹尾的傻丫頭。

睿王沉默，沈璃轉頭對行雲道：「我先送他們出去，你在這裡等我回來接你。」

行雲一手藏在背後，他眼下青影濃重，靠在牆壁上輕輕點頭，而此時的沈璃卻並未注意到這些細節，將拽著睿王的手一捏，睿王只覺眼前一黑，人已到了府中廊橋之上。

府中一片寂靜，毫無生氣，湖中還漂著幾具侍衛的屍體。他眉頭一皺，剛想問話，沈璃卻連招呼也沒打一聲便消失蹤影。懷中人又咳了兩聲，睿王心中一急，邁步走過廊橋，眼神卻不由自主地被湖中那株荷花吸引。

枯萎的葉與花訴說著那人生命的逝去。這一瞬間，睿王的腦海裡莫名地竄出一個鮮活的畫面，粉衣小姑娘笑嘻嘻地撲進他的懷裡，還不會說話的她用臉頰在他胸口不停地蹭，表達她對他的依戀，然後結結巴巴地說：「朱……朱，荷喜歡。朱，喜歡，荷我，喜歡嗎？」

他記得那時他毫不猶豫地回答：「喜歡。」那麼輕易就出口的謊話，卻騙得小姑娘展露燦爛笑顏。那般明媚，幾乎能照進他心裡，讓他看清自己所有的陰暗。

騙子啊，他是那麼大的一個騙子！從此以後，這世上再不會有那麼一個姑娘了……這一瞬間，朱成錦竟有點痛恨如此卑鄙的自己。

沈璃一巴掌拍碎地室裡的石床，縛魂陣就此被破，塵土飛揚，惹得行雲捂嘴輕咳。「何必拿東西撒氣。」行雲道：「是我勸妳把她帶回來的，妳若有氣，說與我聽便好了。」

沈璃閉上眼，讓自己的心緒平靜下來。「若我是她，必會殺了這個男人，讓他為我的心意償命。」她聲音森冷，「為成全那種男人而死，當真太過不值。」

「值不值豈是外人能說了算的。」行雲道：「只要她願意，誰也沒有資格來評價此事對錯。」

沈璃心中氣急：「那傢伙根本就不知道他害死了什麼人。」

「他怎麼會不知道呢。」行雲淺笑，「只是知道又如何？對他而言，小荷姑娘的心意根本就無關緊要。」

沈璃一默，動了火氣：「所以這種在感情上有糾紛的男人最是可惡！」

她想起天界關於拂容君花心的傳聞，又聯想到自己如今的處境，更是煩不勝煩。「若是我看上的男人，必不允許他和別人有半點牽扯！要，我便要全部，少一分一毫我也不希罕！他若還敢算計我，我定踩碎他每一根骨頭。」

她這話說得擲地有聲，唬得行雲愣住，眨著眼睛望著她：「好魄力。」

沈璃回過神，撓了撓頭：「自然，前日我雖說看上了你，但日後我是不會與你在一起的，所以，你還是婚嫁自由。」

聽她如此說，行雲不由得失笑，笑意未收，沈璃又道：「我也沒時間待在這裡了，來，我送你出去。」

「好。」行雲依言伸出手去，但在抓住沈璃手掌之前卻倏地縮了回來，他一聲悶咳，彎下了腰。沈璃一驚，還沒回過神來，便見行雲嘔出一大口黑血，沈璃駭住：「怎麼了？」

行雲似是想要答話，但一張嘴又是一口黑血湧出，沈璃忙上前扶住他，拉過他的手欲給他把脈，卻驀地看見他的手背上有一個拇指大小的焦黑的洞，她仔細一看，這不是先前那些血嬰兒滴落下來的體液造成的傷嘛。

「什麼時候受的傷？」沈璃大怒，「為何不早與我說！」

那傷口周邊已潰爛，黑色的範圍在慢慢擴大。血嬰兒是因怨恨之氣而化，它們的體液自是汙濁非常，腐骨爛肉，還帶有毒性，行雲本就體弱，被這毒液侵染會比尋常人嚴重許多。而這麼長時間，他卻一聲也不吭……

沈璃氣得想打他，但又怕自己控制不住力道將他拍死了，唯有咬牙憋住怒火，將他往身上一扛，氣道：「偏偏此時毒發吐血，你是真想害死我吧！」

行雲脣色泛烏，黑色的血跡還殘留在他嘴角，但他卻低低一笑：「我想忍住啊，可忍不住了，我也無可奈何。」

沈璃一咬牙：「病秧子沒本事逞什麼英雄。你就閉嘴吧！」

「哎……」行雲啞聲嘆息，「以前妳落魄的時候，我可沒嫌棄過妳。」

沈璃不敢帶著行雲亂走，怕毒液在他身體裡散得更快，她將行雲安置在一個空屋之中，此時睿王府中已找不到一個人影，沈璃唯有一咬牙，在他手背上一點：「這只能暫時緩解你的疼痛。我不通醫術，你這傷尋常大夫又治不了，所以我只有離開京城，到郊外抓個會治人的山神來，時間會有點久，你耐心等著，哪兒也別去。」

行雲無奈地笑：「還能去哪兒？我現在便是想動也動不了了。」

沈璃站起身來，沉默地望了行雲一會兒，聲音有些低沉：「待會兒……或許我就不回來了，但你放心，給你治病的小仙必定會來的。」她轉身離開，再沒有半分留戀，只是空氣中留下來的聲音比往日多了幾分深沉：「此一別山長水遠，再不相見……多保重。」

「這些日子，多謝照料。」

行雲望著空蕩蕩的屋子，無言許久，卻恍然失笑：「道謝說得那般小聲，妳是有多不情願啊……」風透過沒關的窗戶吹進屋來，揚起行雲的髮絲，刮散他唇邊的輕嘆：「最後……也不拿正眼瞧瞧我。」

多讓人失落。

沈璃心想，雖說讓墨方再爭取了半日的時間，但面對魔界精銳，即便他傾盡全力也未必能拖到那麼久。沈璃實在不敢繼續待在睿王府了，若追兵找來，只能害了行雲，殃及無辜。如今她的法力恢復了七、八成，面對追兵雖沒有全部把握能逃脫，但在無人的荒郊野外，她至少能全力一搏，更多幾分希望。

沈璃一人行動極快，瞬息間便轉至郊外野山，她立於山頭往遠處一望，風和日麗，遠處風光盡收眼底，京城城門已在極遠的地方。她腳步一轉，步入山林之間，尋得靈氣極盛之處，掌心法力凝聚，覆掌於地，肅容低喝：「來！」

彷彿有一道靈光自她掌心灌入地面，光芒以她為圓心，極快地向四周擴散開來，山石顫動，鳥獸驚而四走，勁風揚起沈璃的衣襬，待衣襬再次落地，不消片刻，寂靜的山林裡倏地出現數道身影。皆在沈璃四周站定，等他們周身的光華散去，沈璃站起身來向四周看了一圈，這裡有一個白鬍子老頭、一個妙齡少女，以及幾個長得奇形怪狀的青年，眾人皆是又驚又懼地望著她。

沈璃知道自己這身魔氣定是嚇到這些老實的仙人了，但現在也沒時間解釋，他們怕她一點也是好的。於是她臉色更冷，冷冷道：「誰會治病救人？」

幾個山中地仙互相望了望，一個頭頂鹿角渾身肌肉的青年顫巍巍地上前一步：「我……」沈璃眼神剛落到他身上，他便抱頭蹲下發出一聲怪叫：「嚶，別殺我啊！」

沈璃動了動嘴角，終是壓住了鄙夷的表情，冷聲道：「京城睿王府，現有一人躺在西邊的廂房之中，他名喚行雲，被化怨的妖靈所傷，體虛氣弱，快死了。我來此處，便是為尋一人去救他。」

交代完這番因果，所有人都彷彿舒了一口氣，白鬍子老頭立馬道：「既是如此，湖鹿，你便隨這位大人走一趟吧。」

湖鹿顫巍巍地望著沈璃，沈璃卻道：「我不去，你自去尋那傷者。」她盯著湖鹿，眸色森冷，「治妖靈造成的傷要多久？」

「約……約莫半個時辰。」

「好。」沈璃手一揮，紅纓銀槍泛著寒光逕直插入湖鹿跟前的土地裡，槍尖深深沒入地中三寸有餘。湖鹿又發出一聲怪叫，額上冷汗如雨，只聽沈璃威脅道：「若半個時辰後我不見你回來，便以此槍，屠你方圓三百里生靈。」

槍上煞氣駭人，眾仙一時面如土色，湖鹿更是嚇得腿軟，往地上一坐。

沈璃抬頭望天：「便從此時算起。」

白鬍子老頭氣急敗壞地上前一把捏住湖鹿的鹿角晃了晃：「還不快去！」湖鹿回神，連忙往地裡一鑽，使遁地術而去。四周小仙皆懼怕地縮成一團，怯怯地望著她，沈璃懶得再理他們，皺眉盯著京城上方的天空，一團黑雲正在慢慢成形。

若她想得沒錯，那便是魔界追兵駕的雲……竟是來了這麼多人嗎？魔君還真是鐵了心要將她抓回去啊。

沈璃握緊拳頭，心裡恨極了拂容君，也恨透了給她賜婚的天君，更是恨透了那些提議讓魔界與天界聯姻的閒人，一場婚姻便能讓兩界親密起來嗎？開什麼玩笑。

若天界能讓魔界子民生活的地方與那些閒散仙人一般好，哪兒還需要他們想盡辦法用聯姻來鞏固所謂的「友誼」……

沈璃沉思之間，黑雲已在京城上空成形。她眉頭微蹙，害怕魔界追兵傷害行雲，但又覺得自己想得太多，她不在行雲身邊，誰又知道她和行雲的關係呢。她方才在此地用法力召喚了山中仙人，追兵必定能察覺到她的力量，不一會兒便會往這邊追來，待他們離開京城，沈璃便不用再顧忌什麼了。

從剛才的情況來看，湖鹿實在是個老實的小仙，讓他去救行雲，也不用擔心他要詐……

她就該徹底放下行雲，繼續自己的逃婚。

可隨著時間流走，沈璃漸漸覺得有一點不對勁，藏著追兵的那團黑雲一直停在京城的上空，沒有往她這兒飄來，魔界的追兵不會察覺不到她剛才的力量，為何……

沈璃正琢磨著，忽覺地面一顫，一個頭頂鹿角的壯漢破土而出，他身上本就少的衣服變得破破爛爛，一臉的鼻涕眼淚啪噠啪噠地往地上掉。他回頭看見沈璃，將頭一抱，哭道：「別殺我，別殺大家，不是我不救他啊。我拚了命地想救他，但是被人擋住了，黑衣服的傢伙都好凶，嗚嗚，他們還揍我。」

沈璃聞言，臉色微變：「說清楚！」

湖鹿坐在地上抹了把淚，抽噎道：「我去了……找到了那個叫行雲的人，他人好，知道我要救他，還對我笑，說謝謝。我是真想救他來著，但是突然有穿著黑鎧甲的人走進來了，本來沒事的，結果另一個大紅衣服的傢伙一來，就笑咪咪地問我，他問我一個地仙，為什麼會在城裡救人，我就老實回答了，結果……結果他們就不讓我救人了啊，還打我，嗚嗚，還讓我來傳話，讓妳回去，不然就殺了那個行雲……」

沈璃咬牙，心裡已隱隱猜到這次魔君派來捉她的人是誰，黑甲將軍和紅袍男子，除了魔君的左右手青顏與赤容還能有誰。連王牌都拿出來了，看來魔君這次是真的動了火氣。

沈璃猶豫至極，有了這二人，即便是她毫髮無損的時候，也不能保證一定能從他們手下逃脫，更何況她現在還沒有完全恢復，而行雲……

「那個人——行雲他怎麼樣？」

湖鹿又抹了把鼻涕：「他快死了啊。我給他把了脈，他身體素來積弱，內息紊亂，應當是這幾日疲憊至極所致，化怨妖靈的毒已侵入五臟六腑，沒人救的話很快就會死了。」

沈璃眺望遠處京城，手臂一伸，紅纓銀槍飛回她的掌中，她五指用力握住銀槍，平空一躍，只在空中留下一場疾風。待她消失之後，眾仙皆嘀嘀咕咕地討論起來：

「這到底是哪裡來的傢伙啊？一身煞氣好嚇人。」

「一看就是魔界的人哪！霸道又蠻橫……湖鹿你沒受什麼傷吧？」

「呃，嗯，沒事。」湖鹿繼續抹淚，忽然有人指著他手肘後面道：

「咦，你這是什麼？」

「什麼？」湖鹿費力地轉頭去看，但他渾身肌肉太多，那字正好藏在手肘後的死角處讓他無法看見，別的仙人湊過來一看，奇怪道：「走？什麼人在你這裡用血寫了一個『走』字？」

湖鹿撓了撓頭：「啊……是那個叫行雲的人寫的……」

他想讓這女子走啊，但是這女子好像沒看見呢。

睿王府小屋之內。

行雲靜靜倚床坐著，任由紅袍男子好奇地左右打量著他，他也不生氣，微笑著望著他。

赤容觀察了好一會兒，讚道：「倒是個淡定的凡人，不擔心自己的處境嗎？你這模樣，看起來可是快要死了呢。」

「擔心了，我便能活得久一點嗎？」行雲笑道：「若是那樣，我就擔心一下。」

赤容被他逗笑：「不愧是碧蒼王能看上的男人啊，有那麼點意思。」他轉頭衝門口招了招手，「哎，青顏，你也來與他聊聊嘛。沈丫頭看上的男人呢，多稀有啊！」

守在門口的男子冷漠地回頭望了他一眼：「若真是那樣，你再調戲他，小心日後被記恨報復。」

「喔，這倒是。」赤容一根手指都快摸上行雲的鼻子了，聽聞這話，立即收了手，乖乖在一旁站好，「我可不想惹上個麻煩難纏的傢伙。」

行雲只一言不發地看著赤容，輕淺微笑。

忽然，空中氣息一動，門口青顏的髮絲微微揚起，他神色一肅，看向空中。赤容眼眸中劃過一絲精光，倏地揚聲道：「魔君有令，碧蒼王沈璃若再拒不回宮，斷其手腳，廢其筋骨，綁去成親……我素來心軟，對熟人下不了手，所以，便只好殺了這男人了……」

話音未落，房頂忽然傳來一聲清脆的碎裂之響，聲音傳入耳朵之時，紅纓銀槍也扎在赤容腳邊，澎湃殺氣逼得他不得不後退一步。緊接著一聲更大的響動傳來，屋瓦落下，深衣束髮的女子從天而降，赤手空拳與赤容過了兩招，逼得他退至門邊，與青顏站到了一起。而沈璃則身形一閃，於行雲床前站定，拔出銀槍，目光懾人。

「本王在此，誰敢放肆？」

與鳳行

第五章

神君行止

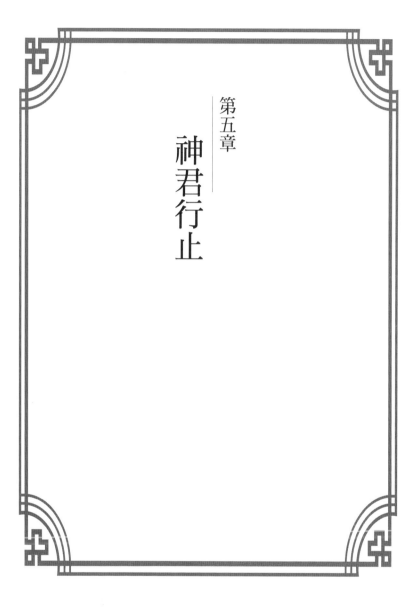

黑雲變幻，不見閃電，只聞雷聲，京城百姓皆因這異象而感到惶惶不安。

睿王府中，小小廂房裡殺氣四溢，赤容臉上雖還掛著笑意，但手中已打開了摺扇；青顏更是已拔劍出鞘，屋內激戰一觸即發。雙方都知道，此情此景，對方並不會因為相識而手下留情。若戰，便是惡鬥。

「王爺。」赤容搖了搖手中摺扇，笑道：「妳此行已給魔君帶來不少麻煩，魔君已動了大怒，如今四方皆是追兵……」赤容望了望她身後的行雲：「王爺或能保住自己，但決計是保不住他的。還望王爺能審時度勢，別再一意孤行。」

沈璃並不理他，只微微側了身子，目光一轉，瞥了身後行雲一眼：「可還活著？」

「活著。」行雲搖頭，低笑道：「可約莫快死了。」

「死不了。」沈璃右手拿槍，將銀槍一橫，左手握住槍尖，一用力，鋒利的槍刃劃破掌心，銀槍飲血，登時光華大盛。

青顏眉頭一皺，欲上前擒住沈璃，卻見沈璃左手一揮，血點灑在他身前三步。青顏踏上血跡，只覺有如熾熱的火焰灼燒全身一般，他以法力逼散這股灼熱之氣，卻不想這熱氣竟像有意識一般左右竄動，甚至直襲他的雙眼，青顏護住眼睛，不得不退了回去。

沈璃手中銀槍一轉，直直插入地面，槍刃上的血液順著槍身滑下，沒入大地。只見金光一閃，隔開沈璃周邊兩尺的距離，形成一個光罩，將行雲也包裹其中。沈璃隨手撕下一塊衣襬將左手包住，然後回頭望著行雲：「有我在，你就死不了。」

行雲愣愣地望著她，光罩在她身前閃爍，但此時再耀眼的光芒都不如沈璃來得奪目。這一身氣場，足以抓住他所有的視線，讓他幾乎將自己都忘了……

沈璃將手臂抄過他的腋下，將他半是扛半是扶地攙起，身體相貼，從她身上傳來的溫度順著血液溫暖了行雲的五臟六腑。行雲的脣邊難得沒了弧度，垂下的眉眼中不知藏了什麼情緒，漆黑一片。

「王爺。」青顏肅容道：「血祭術傷元神，婚期在即，望王爺珍重身體。」

沈璃冷笑：「不是斷手斷腳都要將我綁去成親嗎？不過是傷點元神，又有何懼？」她眼珠一轉，雖看不見屋外，但能探察到外面追兵的方位，她欲尋一個人少的地方強行殺出一條生路。

但就這一轉眼的工夫，青顏與赤容皆明白了她心中所想。兩人對視一眼，心知不能再拖，當下手中武器一緊，兩道厲芒打在沈璃的光罩之上，兩人瞄準法力砍出的縫隙飛身上前。

先前法力碰撞，激蕩四周空氣，一聲巨響之後，廂房化為灰燼。塵埃落定之前，天空黑雲之中，天上無數光芒如箭射下，是雲上的追兵以法力凝成的利箭。

箭雨之中，一黑一紅兩道身影自塵埃中躍出。

青顏單膝跪地，卻止不住去勢，他以手撐地，在地上滑出了好遠才定住身形，「咔」的一聲，他肩上的鎧甲出現了一道裂縫。赤容則化掌為爪，拍在廊橋的柱子上，而向後的力量卻將他推得撞斷了數根柱子，失去支撐的廊橋往一側傾倒，塵埃飛揚，紅色的身影隻手掀開坍塌下來的木質梁架，輕輕抹掉臉上被劃出的淡淡血跡，笑道：「這倒是第一次與王爺動手。王爺之力著實讓人吃驚啊。」

金光在塵埃中閃爍，彷彿有點支撐不下去，但不過片刻之後，光華又是大盛，沈璃立於其中，唇角已現血跡。行雲一手扶著她的肩，吃力地站著，他不是受傷，而是已經毒入心脈，直不起身子來了。他在沈璃耳邊輕聲道：「何必……」

唇畔中吐出的氣息拂動沈璃耳鬢的細髮，沈璃抹淨唇角的血。「別吵。」她道：「我會讓你活下去。」她聲音微啞，是已受了傷。

行雲倏地咧嘴一笑。「沈璃，生死有命，妳說了不算，我說了也不算。」他輕嘆，「妳……」

沒時間讓他說完，那邊青顏手中長劍一震，再次攻來。沈璃目光一凝，一手攬住行雲的腰，轉動銀槍，沉聲一喝，法力化為利刃直向青顏劈去。青顏對如此正面攻擊的招數不屑地一哼，閃身躲過，卻不料那柄利刃竟平空轉了個方向，殺向天際。

青顏心道不妙，要回身攔已來不及。金光撞入黑雲之中，雲中諸將士被殺得措手不及，只得慌忙散開，露出一條生路。

沈璃身形一躍，直衝那方向飛去，青顏一聲冷笑：「王爺未免也太小看我們了！」言罷，身影在原處消失，待再出現時已攔在沈璃身前，「帶著累贅，還想快過我？」青顏手中長劍一揮，強勁的劍氣將沈璃的光罩砸得微微凹陷，沈璃行動受阻，她一咬牙，往後退開數丈。

行雲見狀，悄悄放開抓住她肩膀的手，身體剛往下一墜，便覺沈璃手一緊，她動了怒氣：「別添亂。」

行雲卻無奈嘆道：「不是我添亂，實在是……腰痛。」

沈璃力氣大，一隻手將他腰攬住自是沒有問題，但是卻不想行雲肉眼凡胎，被她的大力捏得肉痛。但如今在空中，沈璃又不可能將他放下，唯有一咬牙，低聲道：「給我忍住。」她手中銀槍又是一舞，厲芒刺破長空。

赤容揚聲高喊：「守住西方，那地仙離開的方向！她還想去那邊！」

沈璃自然是想去那邊，因為能救行雲的人就在那邊。

黑雲迅速往西方集結，沈璃不躲不避，周身金光大亮。「攔路者死！」銀槍殺氣澎湃，眼瞧著便要染上魔界將士的血。忽然之間，彷彿是從黑雲之中竄出一股怪力，硬是將沈璃推到數丈之外。

她周身的金光彷彿被什麼東西縛住，讓她動彈不得。

沈璃額頭汗如雨下。「這力量……」她話音未落，金光罩應聲而碎，一股無形的力量狠狠地打在她臉上，逕直將她拍在睿王府的空地上，王府的青石板被撞出了一個深深的大坑。而塵埃落定後，卻見行雲壓在沈璃身上，他分毫未損，只是暈了過去，沈璃卻摔了個頭破血流，在地上暈了好久才慢慢回過神來。

其時，青顏與赤容已在坑邊站定，還有一人站在背著陽光的方向，那人寬大的鑲金黑袍在微風中舞動，兩條金色髮帶從身後飄到了前面。「對同胞動手，倒是越發膽大了。」

他的聲音一如既往沉穩，帶著懾人的威嚴，讓赤容和青顏跪地頷首：「魔君息怒。」

竟是魔君親自來了嗎……

沈璃感到自己身上男子的氣息已越發微弱，他的身體也不再如往常那般溫熱。沈璃忽覺心底一寒，一種無可奈何的脫力感油然而生，終是爭不過老天爺……

「出來。」魔君冷聲下令。

沈璃將唇角的血一抹，抱著行雲躍出坑底，將行雲在一旁放下。她握住他的脈搏，微弱，但還活著。

「可知錯？」魔君銀色面具之後傳出的聲音有些沉悶。

沈璃專注地望著行雲。

「不知。」她道：「不嫁不愛之人，沈璃不知何錯之有；不接強迫之親，沈璃不知何錯之有；不想讓魔界一直受制於天界，沈璃不知何錯之有。」她目光微涼，望著魔君銀色面具後的雙眼道：「魔界臣服於天界已有千餘年，那些閒散仙人整日遊手好閒，在天界過得舒心暢快。而我魔界卻屈居墟天淵旁的時空罅隙，常年受瘴氣侵擾，不生草木，我魔界子民更是過得苦不堪言，身為王室貴族，我們卻要幫著天界那幫廢物看守墟天淵中鎮壓的妖獸。」

沈璃冷笑：「我看不起天界，不嫁，不知何錯之有。」

這一番話說得一旁的青顏與赤容皆是沉默，魔君沉默了一會兒，道：

「無錯，但於此事而言，妳錯在違背了王命。」魔君揮手：「將她架走，回去領罰。」

青顏起身，欲上前拽住沈璃的胳膊，卻被沈璃喝斥：「本王會走！」她靜靜地盯著行雲，許是目光太灼熱，讓行雲迷迷糊糊地睜開了眼，看見沈璃這般望著他，行雲咧開慘白的脣，像平時那般輕笑：「沈璃，妳看起來一副想輕薄我的模樣。」

「嗯。」沈璃應了一聲：「你就當我在輕薄你吧。」她俯身埋頭，當著眾人的面在行雲脣上落下重重一吻，沈璃束髮的金帶已裂，頭髮披散下來，垂在行雲臉頰旁邊，髮絲微涼的觸感和脣上火熱的溫度在他身體裡碰撞出奇怪的感覺，讓他不由得怔然失神。沈璃不會親吻，所以只能將嘴脣狠狠地覆蓋在行雲的嘴脣上，力大得讓行雲感到疼痛。

而此時，她的手也覆蓋在行雲的手背上，食指指腹恰好停在他被灼傷的那塊皮膚上。指尖光芒閃爍，一顆珠子逐漸在她指腹上成形，慢慢融進行雲的血肉裡面，填滿了他被燒壞的那塊肌膚。

「我說過你可以活下去。」沈璃離開他的嘴脣，啞聲道：「雖然，日後可能會活得不太好受。但你一定能活下去，平平安安的。」

她不通醫術，治不了行雲身體裡的毒，所以只有把自己的法力化為他的血肉，讓自己的法力與他體內的毒素爭鬥，壓制毒素，讓那些毒素無法攻入行雲的心脈，但這卻免不了行雲的疼痛。

她理了理行雲的衣襟，走之前拍了拍他的肩：「我說看上你是真的。只是我被逼婚了，不能和你在一起。保重。」沈璃毫不留戀地起身離開，身影與其餘三人一同消失。他們走後不久，停留在京城上空的黑雲也不見了蹤影。

行雲愣愣地躺在地上，身體裡的氣息來回攪動讓他極不舒服，但精神卻比先前好了許多。他脣上的溫度好似還在，他不自覺地望著天，摸著脣畔，半晌後失笑呢喃：「說得好像……妳要和我在一起，我就肯定會願意一樣。」

空中飄落下來一根長長的髮絲，覆在他臉上，行雲將它捏在手裡，忽然之間，不知為何，他竟覺得，自己有一點笑不出來了。

不能和他在一起……嗎……

雲霧在身邊轉瞬而過。

「一介凡人，再入輪迴忘卻前塵不過是百十年間的事。」魔君踩在雲頭上冷聲道：「何必為他浪費五百年修為。」

聞言，赤容與青顏皆有些驚訝地望著沈璃，五百年修為對他們這種常在刀尖舔血的人來說，多麼重要！碧蒼王竟……給了一個凡人？

沈璃的手被玄鐵鍊綁在一起，披散的頭髮讓她看起來有些狼狽，但她的眼神中卻並不見半絲頹然，她只是靜靜地眺望遠方：「我喜歡。」

面具下的魔君彷彿冷笑了一下：「妳無非是擔心我為了斬草除根，再派人將他殺了。」他聲音微冷：「何須我動手，不過一兩年後，這凡人便會將妳忘了，娶妻生子，過著與妳毫無關聯的生活。妳的心意，不過付諸流水。」

沈璃沉默，心裡卻想著，如果真是那樣也不錯。

她回憶起記憶中的小院，清風劃過葡萄架的簌簌聲，如此平和。行雲那樣的人，應該一直過著那樣的生活，只是一個人始終太過孤寂，能有另外一人來陪陪他，當然是好的。雖然……那個人不是她。

沈璃恍然想起那日在小院中醒來，她看見行雲的第一眼，陽光傾瀉，暖風正好，他在藤椅上閉目小憩。

但願他餘生，皆能那般平靜。

沈璃深吸一口氣，望著遠處的流雲，心裡忽然有那麼一點理解小荷的感受了。有的事情，無關乎值不值得，只在於願不願意。

冰封的大門緩緩開啟，寒氣自殿內湧出，十丈高的大殿之中，四根冰柱矗立在殿中四個方位，而中心一顆晶瑩剔透的巨大冰球飄悠於空中。

一個束髮深衣的女子蜷著身子被困在大冰球之中，她髮絲披散，雙眼緊閉，彷彿正在酣睡。然而當來人的長靴踏入殿內之時，她合著的雙眼驀地睜開，目光犀利地望向來人。

「王爺。」黑衣使者單膝跪下，叩首行禮，「屬下奉命，前來解王上禁足令。」言罷，他自懷裡摸出一個瓷瓶，拔開瓶塞，將瓶中血液灑在地面上。霎時，四方冰柱光芒大作，中心冰球慢慢融化，當冰球融至半人大小，殿中光芒頓歇，冰球好似瞬間失去依託之力，重重地砸在地上，激起地上沉積了不知多少年的冰雪。

被凍了太久，沈璃的四肢尚有些僵硬，她吃力地推開還覆在自己身上的冰球碎塊，打掉黑衣使者上前來扶的手，自己慢慢站了起來。「都將我封在雪祭殿中了，卻還叫『禁足』？」

雪祭殿是魔界禁地，與魔族鎮守的墟天淵一樣，是鎮壓極厲害的妖物之地。而與墟天淵不同的是，雪祭殿中封印的咒力比墟天淵更強，但卻只能封印一隻妖物。千年以來，魔界厲害的妖物不是已被封在墟天淵中，就是被殺了，雪祭殿一直被空置。

沈璃此前做夢也沒想過，自己會有被封在雪祭殿裡面的一天，更沒想到天界那一紙婚書竟給了魔君這麼大的壓力，讓他如此擔心她再次逃婚。沈璃活動著手腕，邁過腳邊碎冰往大門走去，嘴裡半是不滿半是譏諷道：「天界的迎親隊伍可是來了？這才終於肯放了我。」

黑衣使者跟在她身後恭敬地回答：「王爺心急了，婚事還要準備一個月呢。」

沈璃一怔，轉頭問他：「我被關了多久？」她尚記得被抓回魔界那天，魔君一聲令下，她便被囚在了雪祭殿中。但並沒有人告訴她會被關多長時間，她在冰球之中也不知時日，一日一年，對她來說沒有絲毫區別。

使者答：「魔君心善，只禁了王爺一月。」

一月……已有三十天了。

邁出雪祭殿，巨石門在身後轟然闔上。沈璃抬頭一望，不遠處墨衣男子靜靜站立，見她出來，俯首行禮，沈璃不承想墨方竟會來，怔愣之間，墨方已對黑衣使者道：「我送王上回去便是。」

「如此，屬下便回去覆命了。」

待黑衣使者消失，墨方便一掀衣襬，單膝跪地：「墨方未能助王上逃脫，請王上責罰。」

沈璃一愣，隨即笑著拍了拍墨方的肩：「行了，起來吧。我知你必定已用了全力，那半日時間你為我爭到了，若我要逃是足夠了……只是當時逃不掉罷了。錯全在我，是我辜負了你的努力。」

「王上……」

「走吧，回府。」沈璃伸了個懶腰，「我也好久沒有回家睡上一覺了。」

「王上，墨方還有一言。」他沉默了許久，終是道：「那凡人，已在下界逝世。」

「嗯。」沈璃應了一聲：「我猜到了。」

天上一天，人界一年，三十載流過，行雲不過肉眼凡胎，如今壽終正寢也是應該的。而且，若不是行雲離世，魔君怎會輕易將她放出來呢，那個養育她長大的君王太清楚她的脾氣。

「回去吧。」沈璃走了兩步，忽然回頭望墨方，「他去世的時候，你有看見嗎？」

墨方點頭：「很平靜安詳。」

「當然，因為他是行雲啊。」再怎麼糟糕的事情，在他眼裡皆為浮塵。沈璃脣角弧度微微勾起，「他應該還是笑著的。」

墨方沉默了一瞬，想起他在下界見到行雲最後一面時，行雲正躺在病榻上，雖老但風度依舊，行雲望著他說：「啊，沈璃的屬下。」行雲體虛氣弱，說了這幾個字便要喘上三口氣，又接著問：「沈璃近來可好？」

墨方當時沒有回答他，行雲也沒繼續逼問，只是望著他笑了笑，又閉上眼睛休息。確實是個淡然的人，但這樣的人，卻一直把王上記在心裡，藏了三十年。墨方不想將此事告訴沈璃，只問：「王上要尋他下一世嗎？」

「不尋。」沈璃踏上雲頭，頭也沒回，「我看上的只是行雲，與他上一世無關，與他下一世也沒有關係。」

碧蒼王府離皇城極近，沈璃一路飛回。下面總有魔界的人在仰頭張望，她習以為常，落在自己府邸裡，還沒站穩，一個肉乎乎的身影便撲上前來俯首跪地，抱住她的腳大哭：「王爺！您終於回來了呀，王爺！」

沈璃一愣，揉了揉眉心：「起來，備水，我要洗澡。廚子呢？讓他把飯做好。我餓了。」

肉臉女子抬起頭來，閃著淚花望著沈璃：「先前墨方將軍便來通知說王爺今日會回府，肉丫已經把水備好了，廚子也已經把飯做好了，就等王爺回來了。」

沈璃一愣，沒想到墨方竟想得如此周全，她向後一望，墨方卻對她行了個禮，道：「王上既無事，墨方便告退了。」

「喔……嗯，好。」

沈璃隨肉丫步入內寢，她不喜人多，所以府中人員精簡到最少。負責打掃的只有張嫂，張嫂是個沉默寡言的婦人，平日裡見不到她，她總喜歡躲在暗處，默默地將府裡打掃乾淨。伺候穿衣吃飯的只有肉丫，肉丫是個聒譟的小丫頭。還有一名廚子，憨厚老實，平日不出廚房。還有……

「啊，王爺！啊！王爺！回來啦王爺！」寢殿的籠子裡關著的大鸚鵡吵吵嚷嚷地叫起來。

「噓噓，閉嘴。」沈璃瞥了牠一眼，走到屏風之後脫掉衣裳，坐進放滿熱水的澡盆中，舒服地一仰頭，正想瞇眼歇一會兒，隔著屏風的鸚鵡又吵了起來：「沒跑掉啊，王爺！又被捉回來成親了啊，王爺！難過嗎，王爺？王爺，王爺！」

沈璃嘴角一動，手一揮，鐵籠的門「哐」地打開，她化掌為爪，輕輕一拉，籠裡的鸚鵡便被她隔空抓了過來。她捏著牠的翅膀，挑眉望牠：「說來，我還沒見過你沒毛的樣子。」

噓噓適時地沉默了。

「不要啊，王爺！啊！好痛啊，王爺！饒命！王爺！」

守在門外的肉丫奇怪地往屋裡看了看：「王爺今天和噓噓玩得好開心啊。」她剛扒開門縫，一隻光溜溜的鳥便從門縫中拚命擠了出來。牠甩著屁股在沙地上刨了個坑，然後將自己埋在裡面。「啊……」肉丫驚愕，「那是……噓噓？」

「別管牠，跑不掉的。」沈璃淡然的聲音自屋裡傳來，「反正牠現在也飛不起來。」聽這微揚的語調，還有半分得意的意味在裡面。

肉丫駭然地扭過頭，深深覺得，王爺下界這一趟，定是受了很多虐待吧，這心理……怎生這麼扭曲了。

吃飯的時候，府裡來了人，說是讓碧蒼王下午入宮，天界有使者送來了嫁衣的樣式，讓沈璃去挑挑。沈璃應了，繼續慢悠悠地吃飯，倒是肉丫在傳令人走後，一邊給沈璃打扇，一邊氣哼哼道：「還選什麼樣式。那天界的拂容君花心在外，我們王爺肯回來與他成親，已是他天大的好運了，他竟還跑到天君那裡去鬧了幾場，耍混撒潑不肯娶，活像咱們王爺要他一樣。」

沈璃聞言，瞥了肉丫一眼：「拂容君去天君那裡鬧了幾場？」

肉丫認真地扳著手指頭數數，最後一撓頭，道：「數不清了，王爺，妳下界和被關起來的這段日子，聽說天上的拂容君可沒少出么蛾子。」

「喔，那我倒還心理平衡了。」至少，另一個人和她一樣被這門婚事折磨著，光是想想，就讓人覺得開心啊。

「混帳東西！」紅木方盤被金絲廣袖一把拂在地上，僕從立即跪下：

「仙君息怒。」身著鑲金白袍的男子氣惱地將紅木方盤踢得更遠，怒道：「她不是逃婚了嗎！還選什麼喜袍！說了不要讓我看到這些東西！」

僕從跪了一地，一人小聲答：「碧蒼王早在一月前便被尋回來了。」

「她不是很能打嗎！偏偏這種時候沒用！」拂容君氣得咬牙，「不成，我還得去求求天君，將那種女人娶回來，絕對不行！」言罷，他一掀衣襬，急匆匆地往天君殿趕去。

隨行侍從連忙跟上：「仙君，不成啊！你再鬧天君會生氣的！」

拂容君不理他，一路趕到天君殿，等不及讓人通知，他便推門而入，「撲通」一下跪在地上，聲淚俱下道：「皇爺爺，孫兒……孫兒有苦啊！」

殿中寂靜，拂容君泣了一陣，沒聽到天君喝斥的聲音，心裡正奇怪，他抬頭一看，天君青著臉坐在上座，而他左側正站了一個人，幾綹髮絲懶懶地束在青玉簪上，一身纖塵不染的白袍，長身玉立，周身氤氳仙氣讓拂容君看得愣神。

天君壓著怒火，沉聲道：「還不見過行止君？」

拂容君一怔，即便是放蕩如他，不知天界各路神仙名號，但行止君，他還是知道的。上古神，現今還活著的唯一的神。

拂容君忙站起身來，抹掉臉上的眼淚鼻涕，鞠躬一拜：「見過行止君。」

行止淡淡一笑：「嗯，好有朝氣的年輕人。」

天君無奈嘆氣：「不過是個不成器的東西。」言罷，他望向拂容君，臉色一肅：「又怎麼了？」

「皇爺爺……」拂容君兩眼含淚，欲言又止地瞧了行止一眼，本還覺得不好意思，但心裡一琢磨，左右也是挨罵，有外人在至少不會被罵得那麼難聽，「皇爺爺，那魔界的碧蒼王，孫兒實在不能娶啊！」他痛哭：「孫兒有疾！會影響兩界關係啊！」

「啪！」天君拍桌而起，看樣子竟是比平日更怒三分。「你當真不把朕放在眼裡了！什麼拙劣的藉口都使得出來！」天君怒得指著他罵道：「你有何疾？往日那般！那般……」天君咬牙，礙於行止在場，不好直說，心中憋火，更是氣憤，拿了桌上的書便照拂容君的頭砸下。「混帳東西！婚期已定，彼時便是被打斷腿，你也得把這房孫媳婦給朕娶回來！」

「皇爺爺！」拂容君大哭，「饒命啊！那碧蒼王也是不願意的啊！您看她都逃過婚了。回頭孫兒娶了她，她把一腔怒火宣洩與我，孫兒受不住啊！」

「你！」天君恨鐵不成鋼。

「天君。」行止淡漠的聲音突然插進來，「這……」

天君忙笑道：「行止君前些日子下界遊玩，有所不知，之前商議天魔兩界聯姻之事時，你提議的這兩個小輩……他們對這門婚事有些排斥，不過無妨，既然是行止君提議，又經眾仙家討論定下來的事，自然沒有反悔的餘地。小輩年紀輕，難免鬧騰些日子，待日後成婚，朝夕相處，生了情意便好了。」

在賭咒發誓自己絕對不會和那母老虎生情意之前，拂容君因天君前一句話而怔住了。這婚……是行止君定的？

行止君定的？

這行止君獨居天外天已經數不清有多少年了！他根本就不知道天界誰是誰吧！更別提魔界了！他到底是怎麼定的人選啊！這老人家偶爾心血來潮來天界議個事，竟議毀了他的一生啊！

不過事到如今，毀也毀成這樣了，拂容君心道，難怪天君今日比往日更生氣一些，原來是怕他這違背行止君心意的話觸了行止君逆鱗。但是既然知道這婚是誰定的，那就直接求求這幕後之人吧。

他心一橫，衝著行止深深鞠了個躬道：「得行止君賜婚，拂容真是備感榮光，可是，拂容前生並未與碧蒼王沈璃有過任何交集啊！但聞碧蒼王一桿銀槍煞……英氣逼人……拂容……拂容還沒做好準備，迎娶這樣的妻子……」

「放肆！」天君大聲喝斥。拂容君渾身一抖，剛好跪下，便聽另一個聲音淡淡道：「如此，便拖一拖吧。」

拂容愣神，抬眼望他，只見行止顏色淺淡的脣勾起一個極輕的微笑，他衝著同樣有些怔愣的天君道：「既然雙方皆如此排斥，天君不妨將婚事往後拖延些時日，讓兩人再適應一下，若強行湊合，行止怕婚後……」他目光一轉，落在拂容身上，脣角的弧度更大，但吐出來的四個字卻讓拂容感到一陣陰森，因為他說：「恐有血案。」

血……血案是嗎……

拂容君彷彿感到有個強壯的女子按住自己，然後拿槍將他捅成了篩子。他猛地打了一個寒顫，淚光閃爍地望著天君。天君面露難色：「這婚期既定，突然往後拖延，怕是不妥。」

行止笑道：「說來也算是我的過錯，當時我看名冊，還以為碧蒼王沈璃是個男子，而拂容是個女仙。這名字一柔一剛看起來般配，沒想到卻是我想錯了。行止幫他們求個緩衝的時間，算是體諒他們，也算是彌補自己的過失。天君看，可好？」

行止如此一說，天君哪兒還有不答應的道理？連忙應了，轉眼將氣又撒在了拂容君身上：「還愣著幹什麼？還不謝恩退下！」

拂容君忙行禮退出，待走下天君殿前長長的階梯，他的隨行侍從上前來問他：「仙君，可還好？」

拂容君抓了抓腦門，喃喃自語：「好是好，只是奇怪……既然是過失，為何不乾脆撤了這門親事，還往後拖什麼？」他往前走了幾步：「呿，他剛才是不是變著法兒罵我名字太娘了？」

隨侍奇怪：「仙君說什麼？」

拂容君一甩頭髮：「哼，管他呢，反正本仙君又多了幾日逍遙時光。走，去百花池瞧瞧百花仙子去。」

「仙君……啊，等等啊，天君知道了又該生氣了！」

待天界的消息傳到魔界的時候，沈璃正在魔宮議事殿中與魔君和幾位將軍一同議事。魔界臨近墟天淵的邊境駐軍近日感到墟天淵中有所波動，雖不是什麼大動靜，但墟天淵的封印像死水一樣平靜了千餘年，今次突然有了異常，難免會令人警惕。

眾將商議之後，決定著墨方與子夏兩位將軍去邊境探察。若有異常，一人回報，另一人留守，協助駐軍處理事項。

開完會，眾將準備離去，天界的詔書卻適時頒了下來，聽來人宣讀了延遲婚期的詔書，魔界幾位權重的將軍皆黑了臉。「說改期便改期？這嫁娶一事，難道全是他天界的人做的主？」

沈璃在一旁坐著沒說話。氣氛一時沉重，最後卻是魔君揮了揮手道：

「罷了，都且回去吧。」

眾將嘆氣，魚貫而出，墨方臨走時看了沈璃一眼，見她神色淡漠，起身欲走，卻被魔君喚住：「璃兒，留下。」名字叫得親暱，應該不是留下來訓她，不用求情，墨方這才垂眸離去。

寬大的議事殿中只剩沈璃與魔君二人，沉寂被面具後稍顯沉悶的聲音打破：「妳對拂容君此人，如何看？」

「拂容君，芙蓉均。雨露均沾，來者不拒。」沈璃語帶不屑，「一聽這名字便知道，必定是個萬花叢中過，片葉不留的主。」

魔君微微一愣：「倒是瞭解得透徹。」

「非我瞭解得透徹。」沈璃語氣淡漠，但急著搶話的姿態暴露了她心頭的不滿，「實在是這拂容君名氣太大，讓我這種不通八卦的人都有所耳聞。難得。」

「璃兒是在怨我應了這門親事？」

沈璃扭頭：「不敢。」

看她一副鬧彆扭的模樣，魔君心知，方才那紙詔書，沈璃雖面上沒有說，但自尊必定是受了損害，他沉默了一會兒，開口：「璃兒可知，這親事是何人所定？」

「除了天君那一家子閒得無聊，還有誰？」

「還有行止君。」魔君聲音微沉，「獨居天外天的尊神，妳這門親事乃是拜他所賜。」

沈璃微驚，行止君就像一個傳說在三界流傳，上古存留至今的唯一的神，他憑一己之力造出墟天淵的封印，千年前將禍亂三界的妖獸盡數囚入墟天淵中。其力量強大，對今人來說就像一個怪物。可是已經有太多年沒有人見過他，他到底是真實的還是虛構的也沒有人去研究考證，而今魔君卻突然告訴她，行止君給她賜了婚？

「呵，這行止君當真比天君那一家子還閒得無聊！」沈璃冷笑，「他必是誰都不認識，所以隨便點了兩個名字吧。那群蠢東西卻把他的話奉為神諭。」她話音一頓。「如此說來，今日這延遲婚期必定也是他的意思了？」

天界那幫傢伙既然如此尊重行止君，定不會擅自延遲婚期，若要改，必是經過行止君的同意，或是直接傳達他的意思。

沈璃想到自己的命運竟憑此人幾句話便隨意改變，心中不由得大怒，拍桌而起。「不過封了幾隻畜生在墟天淵中，便如此神氣！嫁娶隨他，延遲婚期也隨他！當我沈璃吃素的嗎？」

「璃兒，坐下。」魔君的聲音淡然，沈璃縱使心中仍有不悅，但還是依言坐下，只是握緊的拳頭一直不曾放開。「行止君於三界有恩，他的意思，不僅是天界，我魔界也理當尊重。」

「為何？」沈璃不滿，「他揮手便是一個墟天淵，勞我魔族為他守護封印千餘年，還想繼續以聯姻來綁架我族！」提到此事，沈璃不由得聯想到魔界受制於天界的種種事情，心頭更怒。「我們為何非得服從天界，受其指使！我魔界驍勇戰士何其多，與其屈居於此，不如殺上九重天，鬧他們個不得安寧！」

「住口。」魔君聲色一厲，沈璃本還欲說話，但心知魔君已動了火氣，她不想與他在此事上爭吵，唯有按捺住脾氣，聽他道：「能把戰爭說得這麼輕鬆，沈璃，那是妳還沒有經歷過真正的戰爭。」

沈璃上過戰場，但對手皆是妖獸與怪物，與其說是兩軍廝殺，不如說是一場大狩獵。對於沒有經歷過的事，她確實沒有發言權。沈璃不甘地坐著，別過頭不理魔君。

沉默之後，魔君一聲嘆息，用手掌在她腦袋上輕輕揉了兩下。「回去吧，我留妳下來，也只是為了讓妳發發脾氣，別憋壞了自己。沒想到，卻惹得妳更是憋屈。」

魔君聲音一軟，沈璃心頭的氣便延續不下去了。她嘴角微微一動，難得像小時候一樣委屈道：「師父，我不想嫁。」

魔君沉默，又揉了揉她的腦袋。「回去吧。」

沈璃回府，走過大堂前的沙地，一腳踢翻了一個小沙堆，光著身子的噓噓仰面躺在被踢散的沙土裡。沈璃挑眉，牠忙道：「沒臉見人了啊，王爺，沒毛好醜的，王爺，好狠的心啊，王爺！」

沈璃捏著牠的腳脖子，將牠拎了起來。「髒了啊。說來，我還沒見過你在水裡洗澡的模樣。」噓噓噤聲。沈璃喝道：「肉丫，備水。」

「啊！饒命啊，王爺！會淹死的，王爺！啊！王爺！您是不是心情不好啊，王爺！別拿噓噓出氣啊，王爺！好歹是條命啊……咕咕咕咕……」

「我要把你每個模樣都看一遍。」

聽得沈璃在木桶邊說出這麼一句話，肉丫駭道：「王爺說什麼？」

「呵呵，沒事。」

「王爺……您這是怎麼了……」

與鳳行

第六章

碧蒼王的日常：吃飯，睡覺，打妖獸

拂容君與碧蒼王沈璃的婚期推遲，不過是王家傳出來的眾多事情中的一件，僅供魔界和天界的閒人們做茶餘飯後的笑談，但在他們婚期推遲的第十天，一紙自邊境傳回來的血書震驚了魔界朝野，也讓魔界上下一片惶然——

墟天淵封印破口，其中妖獸竄逃而出，雖僅是一隻未化成形的蠍尾狐，但已讓邊境守軍損失嚴重，魔君派遣而去的子夏將軍拚命傳回血書，卻於進宮前氣絕於坐騎背上。墨方將軍死守邊境，不肯讓妖獸再踐踏魔界一寸土地。軍情緊急，不容半分拖延。

魔君得到消息後，一邊下令厚葬子夏將軍，一邊著人通知天界。其時，沈璃正在議事殿中，聽聞消息，拍案怒道：「為何還要通知天界！待那群廢物商議出結果，我魔界將士不知已損失多少！魔君，沈璃請命出征！」

魔君沉默不言。

此時議事殿中還坐著朝中三位老將，他們權衡之後，由白髮長者開口：「君上，如今朝中善戰將軍雖多，但就對付此等妖物而言，卻沒有人比小王爺經驗更多。屬下知道王上顧慮小王爺如今待婚的身分，但事急從權，還請君上體諒以命守護我族邊境的將士。」

魔君食指輕叩桌面，轉頭道：「沈璃。」

沈璃立即單膝跪地，頷首行禮：「在。」

「此一月，不得出妳王府半步。」沈璃不敢置信地抬頭望他，三位老將互相看了一眼，但卻都沉默了。沈璃不甘：「魔君！邊境……」

「邊境之亂，著尚北將軍前去探察，若可以應付，便不得斬殺妖獸，得拖延至天界派人來……」

「天界天界！魔君當真要做天界的傀儡嗎？」沈璃大怒，竟不顧禮節，逕直起身，摔門而去。

議事殿中一陣沉默，忽聞魔君問：「三位將軍認為，我……當真做錯了嗎？」

「君上自有君上的顧慮與打算。」老將之一嘆道：「小王爺年紀輕，理解不了您的用心良苦，但求君上放寬心，總有一日小王爺會知道的。」

「是啊。」魔君面具後的眼睛疲憊地閉了起來，「總有一天會知道的。」

子夏將軍的棺槨尚未封上，沈璃去的時候看見他滿臉青紋，指尖發黑，醫官說這是被蠍尾狐的毒尾螫了，以子夏的功力本不該致命，但為了將消息帶回，他傷後不曾休息，馬不停蹄地趕回魔宮，致使毒氣攻心，這才丟了性命。

沈璃聽得默默咬牙，她的兄弟拚了性命帶回來的消息，卻得不到與他生命同等的重視。厚葬屍體，通報天界，花費更大的精力活捉妖獸，再等天界的人來處理！子夏要的豈是這些！

他拚了性命，只是為了換取邊境將士活命的機會！早一點帶回消息，便會早一點有人前去支援；早一點剷除妖獸，或許就會多一個人活下來。

看著子夏脣邊僵硬定格的笑，沈璃不由得握緊了拳頭，她能理解他在坐騎背上死去的感受啊——終於達成使命，如釋重負。可是魔君卻……沈璃咬牙，布置靈堂的人欲抬動棺槨，將其擺在中間，沈璃卻猛地拽住棺材的一邊，讓幾人無法抬動。

「王爺？」

沈璃咬破食指，將鮮血抹了一手，在棺槨上重重一拍，留下血手印，輕聲道：「沈璃必完成你所願之事。」言罷，她轉身離去。

沈璃回府後，將籠子裡被折騰得奄奄一息的噓噓抓出來，一旁的肉丫見狀，冒死抓住沈璃的胳膊求道：「王爺使不得啊！再玩，噓噓就沒命了。」

「我養的鳥不會那麼沒用，出去，把門關上。」

肉丫惶然地看了沈璃幾眼，但最終還是奉命出去了。守在門外的她，但見屋內光華一盛，沒過多久便聽沈璃道：「今日起，我要閉關，不管何人來見，只道我還未出關便可。」

肉丫奇怪，怎麼就突然要閉關了呢？她撓了撓頭，大著膽子推開房門，剛往裡面張望了一眼，便覺腳下有個東西擠了出來，定睛一看，竟是光著身子的噓噓。只是牠的精神不知為何好了許多，蹦躂著往前廳而去。

王爺沒有收拾牠嗎？肉丫推門入屋，繞過屏風，見沈璃在床上打坐，真是一副要閉關的模樣。她不便打擾，立即退了出去。可到了屋外，肉丫卻怎麼也找不見噓噓。

她不知道，此時的「噓噓」，已混進整裝待發的軍隊裡。剛剛扮作噓噓的沈璃在角落打量了一個小兵，扒了他的衣服，搶了他的權杖，變作他的模樣，準備出發去邊境。

而此時的魔宮中，赤容正拜在魔君腳下恭聲道：「王爺欲出王城，青顏正跟隨其後。魔君，需要將她帶回來嗎？」

銀色面具之後的嘴唇靜了許久，終是一聲喟嘆：「隨她去吧。」

魔界行軍快，但仍舊要走兩天才到達邊境，墟天淵的封印只破開了一個小口，但其中洩漏而出的瘴氣已籠罩邊境營地，許多法力較弱的士兵整日嘔吐，別說戰鬥，連讓他們坐起身來都困難。蠍尾狐被墨方與其得力部將包圍在距離營地十里之外的地方，初到營地，聽聞遠處傳來蠍尾狐的吼叫，即便是已殺過許多怪獸的將軍也會腳軟。

封印在墟天淵中的妖獸，果然比其他的妖獸要厲害許多。

沈璃想起子夏躺在棺槨中的模樣，拳頭握緊。

「列隊！」尚北將軍一聲高喝，從王都來的增援將士皆整齊列隊，唯獨末尾的一名士兵忽然往前走去。尚北將軍見狀大喝：「不聽軍令者，杖三十！」

沈璃取下頭上沉重的頭盔，仰頭望他：「尚北將軍，沈璃斗膽，前來請戰。」

「王……王爺？」

但見是她，軍中一陣騷動，這裡面有曾和碧蒼王一起出征的，有只聽聞過她名字的，但無論是誰，都知道有碧蒼王在，戰無不勝。一時間，眾人精神一振，士氣高漲。

尚北將軍心中雖喜，但也知道沈璃如今待嫁的身分，而且魔君不讓她出戰，自是有魔君的考量，他有所顧忌道：「王爺，魔君未同意您出戰，小將不敢……」

話未說完便被沈璃打斷道：「將軍，沈璃既然來了，便不會空著手回去。三日內，本王必將此妖獸的頭顱踩在腳下。」

此話一出，全軍靜默。尚北將軍沉默了一瞬，忽而一勒韁繩，將坐騎調頭，長劍一揮。「出征！」

沈璃與尚北將軍並行。「多謝將軍同意沈璃參戰。」

「王爺，若小將不同意，妳待如何？」

「打暈你，搶了你的兵，斬殺妖獸。」

尚北將軍苦笑：「那就是了。」

越是往前，瘴氣越是濃郁，妖獸的嘶吼也愈發震撼人心，破開重重瘴氣，增援隊伍終於看見還在與墨方他們纏鬥的妖獸。妖獸身形巨大，身似狐，尾似蠍，長尾高高翹起，於空中揮舞，蠍尾上巨大的毒針令人望而生畏，但見增援隊伍來到，牠張嘴長嘯，鮮紅的牙齒，呈鋒利的鋸齒狀，齒縫間滴落下來的唾液腐蝕大地。在牠所立之地，沙石皆已呈黏膩狀。

與牠纏鬥的幾位部將渾身是血，已疲憊不堪。唯獨墨方一人還在牠身前主動攻擊。

尚北將軍一聲大喝：「出戰！」

他出聲之前，沈璃已握著銀槍，飛身上前，厲聲一喝，銀槍直直扎在蠍尾狐的額頭上，蠻橫的法力傾入其大腦。蠍尾狐疼得仰天大嘯，豎起的巨大蠍尾逕直向沈璃扎來，沈璃拔出銀槍，回身一劈，以槍身做劍，逕直將蠍尾狐的毒針斬斷。

妖獸的嘶吼幾乎要震破眾人耳膜，牠亂踏之時，爪子快要打到墨方，沈璃飛身而下，將墨方一推，他逕直摔出三丈遠。沈璃的腳穩穩立在地上，身子半蹲，沉聲一喝，以槍直刺而上，扎穿蠍尾狐的腳掌肉墊。

不過片刻時間，妖獸的血已染了她一身，蠍尾狐連連敗退。

墨方在後方愣愣地望著沈璃：「王上。」

沈璃側頭看了他一眼，見他周身鎧甲破碎，臉上身上皆是血跡，又往遠處一望，被增援隊伍救下的將士皆是如此，而四周沙地裡，還埋了不知多少已經冰冷的將士屍體。沈璃一咬牙，握緊銀槍的手一直用力，幾乎泛白。「對不起……我來晚了。」

這樣的情緒沒在她心中停留多久，沈璃邁步向前，提著銀槍在風沙之中孑然佇立。「區區妖獸膽敢造次！本王定要踏爛你每一寸血肉！」

蠍尾狐雙眼緊緊地盯著沈璃，渾身的毛隨著牠的呼吸忽而奓開，忽而收緊，而牠身上的傷就在這一張一收的過程之中慢慢癒合。

沈璃目光微動，她這紅纓銀槍飲血無數，煞氣逼人，若是尋常妖物被刺中，傷口癒合極慢，而這隻妖獸……

「王上小心。」墨方在身後急聲提醒。只見那妖獸尾巴一甩，被沈璃斬斷毒針的硬質尾巴甩出，直直衝沈璃砸來。沈璃目光一凝，伸手在虛空中一抓，沉聲低吼，那蠍尾在空中爆裂，裡面的毒液也隨之飛濺。沈璃手一揮，法力化為大風，將灑向將士的毒液盡數吹了回去。

「哈哈哈哈！」蠍尾狐仰天長嘯，牠的喉嚨裡發出的竟是類似人的聲音。沈璃眉頭微皺，越是接近人的妖獸便越難對付，此妖獸身上帶毒，且癒合能力極強，此地瘴氣濃郁又不易久戰，真是棘手……

不等沈璃想出辦法，妖獸喉中又滾出含糊不清的言語：「沒想到，如今的魔界，還有這樣的好苗子，假以時日必成大器。只可惜沒那麼多時間了。」

牠方才被沈璃刺傷的前腳往前一踏，被穿透的腳已看不出半點傷痕。

牠的脖子向前一探，猛地吸入一大口瘴氣，腦袋高高揚起，彷彿嘗到了極美味的食物一般，雙目猛地變得血紅，長嘯一聲，聲化利刃，刺痛耳膜，不少將士在這聲音之中腿軟跪下，抱頭呻吟。與此同時，妖獸額上被沈璃刺出的傷口完全癒合，而尾端竟又慢慢長出新的毒針，牠渾身灰色的長毛也在這時奓開，幾乎讓人聽到牠肌肉隆起的聲音。

妖獸體形比剛才更大了。沈璃咬牙，但聽墨方喝道：「王上注意，此妖獸善用毒，癒合奇快，且能吸納對手法力。」

眾將士聞言皆驚，難道這妖獸方才是將沈璃用於殺牠的法力吸納了嗎？沈璃眉頭緊皺：「你真是……做了讓人不爽的事呢。」銀槍一震，沈璃微微側過頭：「尚北將軍！輔攻！」

尚北將軍一凜，自駭然中回過神來，大喝：「列陣！」

還能活動的將士立即行動起來，妖獸血紅雙目轉動，欲捕捉將士的行蹤，沈璃卻一躍而上，擋在牠眼前，銀槍橫掃其雙目，只聽「叮」的一聲，是蠍尾狐新長出來的毒針與沈璃銀槍相接的聲音。但這次蠍尾狐的毒針卻並未被沈璃斬斷，因為她沒用法力，光拚力氣沈璃自然不是這大塊頭的對手，是以一擊之後沈璃立即彈開身軀，只為將士爭取到這一瞬的時間，已足矣。

數把弩弓拴著鐵鍊，自三個方位射向蠍尾狐的脊背，鋒利而沉重的弩箭深深扎入牠的骨頭，弩箭向外拉扯時，倒刺牽扯著牠的骨頭，三方用力拉扯使之不能動彈。只要趁此機會，砍下牠的頭顱……

沈璃的身影停在空中還未來得及動，便聽妖獸一聲冷笑：「千年歲月，擺陣作戰的方式竟是一點未變啊。」

沈璃心中陡感不妙。卻見妖獸身形一動，拚卻被其中一方拽出白骨的疼痛，嘶聲吼著，長尾一甩便擊向其中一個方向。三角之勢若破一方，便無法再牽制妖獸。而現在還能活動的將士皆是精英，若他們被這一擊所殺，要對付這妖獸更是困難。

沈璃來不及多想，轉眼落在蠍尾狐蠍尾攻擊的方向，左手掀飛明知會被打得粉身碎骨、卻仍舊不願鬆開牽扯妖獸鐵鍊的將士；右手用銀槍將脫手的鐵鍊一絞，讓鐵鍊死死纏繞在槍身上；然後以槍為錨，將其狠狠插入土地，這一系列動作，她做得奇快，但在完成之時，蠍尾狐的蠍尾已經攻至面前，眼瞧著那尖銳的毒針便要將她戳穿。忽然，斜方衝來一人，將她撲倒，她就地一滾，險險躲過這一擊。

「墨方？」沈璃怔愣地看著他。

經過數日的戰鬥，墨方已疲憊不堪，身上更是不知負了多少傷，此時能救下沈璃全憑一股信念在支撐，聽到她的聲音，知道她沒事，墨方心一安，正想讓沈璃放心，卻感到背後撕裂般的疼痛。微微側過頭，他才猛然明瞭，為何沈璃此時的表情會如此震驚——蠍尾狐再次甩出了尾端毒針，而那彎刀一樣的毒針正扎在他的背後，幾乎穿透他的肩胛骨。

竟是……傷得……沒有知覺了嗎？

彷彿再也無法撐下去一般，墨方的眼皮沉重地合上。

沈璃只覺心頭一冷，腦海中不由得回憶起王都棺槨之中身體冰冷的子夏。她往四周一望，沙土之中皆是魔族將士殘破的屍體，這些人都在魔界的某個地方有一個家，而家中皆有親人翹首盼望他們的回歸，像那人界的老婦人，年年歲歲地等著盼著。而他們，卻再也回不了家……沈璃望著尾尖又長出毒針的蠍尾狐，漆黑的眼瞳中漸漸泛出了血紅色。

他們回不去，皆是因為這隻莫名其妙從深淵裡跑出來的妖獸！這個罪該萬死的東西！

沈璃輕輕推開墨方的身子。「撤陣。」這兩個字自她口中吐出，聲音不大，但卻如水似波，推蕩開來。隔著妖獸，另一方的尚北將軍聽見此令，一瞬也未曾猶豫，立即喝道：「撤陣！」

將士迅速執行軍令，妖獸見狀大笑：「爾等臣服於無能君主，而君主受制於天界，上千年的時間，爾等竟被馴服得奴性至此，不如讓吾吞吃入腹……」

「辱我君主，殺我將士。」森冷的聲音陡然在妖獸耳中響起，「你，惹火我了。」

蠍尾狐頭一甩，帶毒的唾液漫天揮灑，沈璃平空一抓，纏繞著鐵鍊的紅纓銀槍化作光影消失，轉瞬間又出現在沈璃手裡。她將銀槍一轉，擋開毒液，掌心用力，銀槍之上金光閃爍。

尚北將軍驚得在一旁大吼：「王爺冷靜！此妖物能食法力化為己用。」

沈璃唇瓣微張：「好啊。」她身形一閃，落在蠍尾狐背脊之上，銀槍扎下，沒入牠背上被弩箭扎出的窟窿裡。「那就試試看！」沈璃蠻橫的法力順著槍尖延伸，金光硬生生地刺穿妖獸的整個身體，穿過牠的腹部扎進土地。蠍尾狐痛得大聲嘶吼。沈璃沉聲怒吼，攪動刺穿牠的銀槍，竟是想將牠活活劈開。

可是那金光卻在沈璃拖動妖獸的過程當中越來越弱，直至全部消失。

而蠍尾狐的身體猛地膨脹，站在牠背上的沈璃，清楚地看見了牠的肌肉飛快癒合，幾乎要把她的銀槍卡死在肉裡。

「哈哈哈哈哈！」蠍尾狐大笑，「乳臭小兒竟敢放肆！」牠張著血盆大口猛地回首，同時蠍尾一擺，將沈璃逼退數步，沈璃只覺頭頂一暗，腥臭腐爛的味道竄入鼻腔。她一回頭，只來得及看見蠍尾狐鋒利的牙齒和滿是血液與毒液的口腔，然後視野猛地一黑。

「王爺！」尚北將軍驚呼，眾將士心頭大亂。

碧蒼王……那個戰無不勝的碧蒼王竟被吞了……

蠍尾狐的身體又長大了幾分，牠極為暢快地長嘯，聲音比開始時更加懾人：「哈哈哈，待我放出兄弟們，必重振魔界雄風！哈哈哈！」

忽然，牠聲音一頓，身子猛地一顫，似有波動自牠身體裡傳出，越來越快，越來越劇烈，以至於讓驚惶中的將士也看出了牠的身體在不受控制地顫動。

尚北將軍的目光落在蠍尾狐的喉嚨處，忽見牠的喉嚨慢慢脹大，蠍尾狐痛苦地蜷緊爪子，蠍尾不停地胡亂甩動。其時，卡在牠背上的紅纓銀槍忽然消失。只見牠喉嚨裡猛地刺出一道金光，照進了所有人灰暗的眼睛裡，緊接著，數道金光自牠喉嚨處射出。

蠍尾狐張大了嘴，卻已經發不出聲音，牠彷彿在與那光芒做著激烈的爭鬥，最終，紅纓銀槍的槍頭自牠喉嚨處刺出。光芒一盛，只聽一聲巨響，蠍尾狐的頭顱被人從裡面生生斬掉，滾落在地。而與牠頭顱一起落地的還有那個深衣女子。

她染了一身的血和不明液體，頭上的髮帶已斷，長髮披散而下，一身殺氣未歇。

她慢慢走到蠍尾狐的頭顱前，輕蔑地看牠，一雙赤紅的眼在瘴氣瀰漫中更顯恐怖。

「不……不可能。」蠍尾狐的嘴還在動。

「沒人告訴過你嗎？」沈璃一腳踩在牠鼻子上，「不能亂吃東西。」

銀槍刺入牠的眉心，蠍尾狐的眼睛翻白，死前牠的嘴角還在顫動。

「明明……只是個……小丫頭。」離世前的最後一眼，牠看見沈璃眼中赤紅的光，好似忽然了悟，「原來……」

竟是這樣。

雙眸合上。

沈璃拔出銀槍直指長天。「妖獸已誅！」

場面靜了一瞬，緊接著爆發出高聲呼喝：「碧蒼王！碧蒼王！」

然而不管將士再怎麼歡呼，此時沈璃的耳邊已聽不到任何聲音了。她眼中的世界已經模糊，下意識地一轉身，本想往營地那方走，但卻看見歡呼的將士之外，有一個白色身影在重重霧靄之中靜靜地望著她。

行雲……

她艱難地邁出一步，向著那個方向而去，連紅纓銀槍掉在地上也未曾發覺。血水順著她的腳步落了一地。眾人這才發現她左手已斷，臉頰的皮膚也有一處被毒液灼傷，周遭靜默，看著沈璃走的方向，默默讓出一條路來。沈璃卻什麼也沒感覺到，她眼中的赤紅慢慢褪去，除了那身白衣外，她什麼也看不見了。

於沈璃而言，這沙場已經變成了虛妄幻境，只有他在的地方才是出路。行雲……

沈璃吃力地抬起右手，指尖觸碰到了溫熱的肌膚，她帶血的指尖在對面白淨的臉上抹下了一條黏膩的血跡。她好似聽見從天外傳來的聲音，有人溫和地笑著對她說：「沈璃，吃飯了。」

嗯，她想吃他做的飯了。

她想念他了。

指尖滑下，她一頭栽進一個溫熱的懷抱裡。那裡沒有藥香，但同樣溫暖。

第七章

被喚醒的墟天淵封印

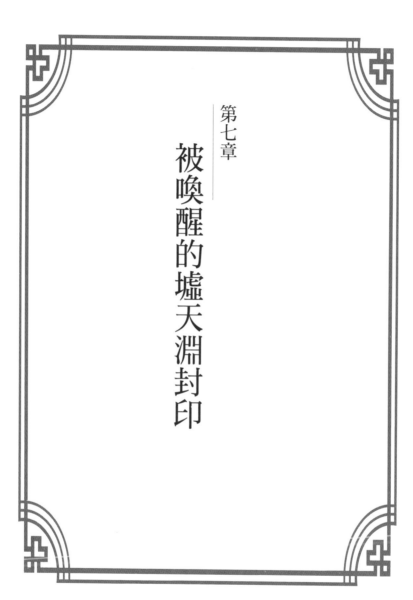

溼膩溫熱的身軀在他懷裡軟倒，身子往下滑，他卻不嫌棄地一隻手將她攔腰抱住。而沈璃帶血的右手自他臉頰旁落下時也被他輕輕抓住，手掌一轉，指尖按在她的脈搏之上，白衣人眉頭一皺：「營地在何處？」

尚北將軍疾步而來，本想沈璃待嫁之身被一個陌生男子抱在懷裡不合禮數，欲將沈璃要回，但見這男子一身仙氣四溢，想來應當是天界派來的使者，便也沒急著將沈璃帶回去，只是仙界……只派了一人下來？

「閣下是？」

「天外天，止水閣，行止神君。」

魔界的人對天外天不熟，也不知道什麼止水閣，但天上天下叫「行止」的神仙約莫只有上古神那一個，給沈璃賜婚的神……

尚北將軍面容一肅，若是他的話，當真只要一人便可。

「說來抱歉，太久未曾下界，我一時迷了路，這才來晚了。」

尚北將軍一默，也不好指責什麼，回頭下令道：「清戰場，扶傷病者回營！」他快一步走到行止身邊，伸手道：「不敢勞煩神君，王爺由我來扶著吧。」

「不。」行止身形一轉，躲過尚北將軍伸來的手，「我抱著不礙事。而且，是她自己跑過來的。」言罷，他也不理尚北將軍，自顧自地往前走了幾步，倏然一轉頭：「對了，營地在哪兒？」

尚北將軍默然，天外天行止君這脾氣……還真是……有特色。

陽光隨著搖擺的綠葉晃動，風微涼，藥草香，她慢慢坐起身子，看見青衣白裳的男子躺在搖椅上，慢悠悠地晃蕩。「吱呀吱呀」的聲音，訴說著時光的寧靜安詳。

搖椅慢慢停下，男子轉過頭，靜靜地看著她：「怎麼？餓了？」

「沒有。」她素來挺得筆直的背脊倏地微微一蜷，脣角竟破天荒地揚出了一絲苦笑，「只是……好累。」

腦袋上一暖，溫熱的手掌輕輕地揉了揉她的腦袋。「歇歇吧，已經沒事了。」

「嗯。」

她靜靜閉上眼，又虛空一抓。「等等！」沈璃猛地驚醒，身上傷口猛地作痛，左手更是自肩膀一路痛到指尖，即便是她也忍不住咬牙呻吟。

「王……王爺何事？」

沈璃定睛一看，一名小兵正驚惶不安地望著她，她四周一張望，這才發現自己躺在營帳裡的床榻上，渾身疼得像要散開一樣，不用看沈璃也知道，此時的自己必定被包得像個粽子。而腦海裡紛至沓來的回憶讓她哪兒還躺得住。

「扶我起來。」

小兵擺手：「王爺不可，那個……那個說了，不能亂動的。」

定是囉嗦的軍醫交代一些亂七八糟的忌諱，沈璃心頭不屑，但也沒有繼續逼人，接著問：「此一役，戰亡人數可有統計？可有超度亡魂？墨方將軍呢，傷勢如何？」小兵被她這一連串問題問得呆住，撒腿便往外面跑。「我這就去叫將軍來！」

沈璃氣得捶床。「我又不吃你！啊……痛痛……」

「呵。」

一聲輕笑不知從何處傳來，沈璃一驚，卻沒有見到帳內有人。她眉頭一蹙，正欲揚聲詢問，忽見門簾一掀，墨方也是一身繃帶地踏了進來，他拄著拐杖一步一步慢慢挪到沈璃旁邊，但見沈璃睜著眼，他長舒一口氣，憋了許久才憋出一句：「王上……可好？」

沈璃一愣，笑道：「墨方這話當問問自己。」沈璃望著他這一身狼狽的樣子，又感覺到自己滿身疼痛，忽而笑道：「恍然記起前些日子我還與魔君爭吵過，說那天外天的行止君沒什麼了不起，不過封印了幾頭畜生，還要勞得我魔界為他看守封印。現在想來，這話說得當真該死。墟天淵中這般妖獸少說也得以千數計，將牠們全部封印起來，確實是對三界有恩啊！」

沈璃尚未感慨完，便見墨方扔了拐杖，倏地屈膝跪下，拚著掙開傷口的危險，俯首道：「致使王上受此重傷，墨方該死。」

沈璃一怔，沉默了半晌，聲音一冷道：「照你這樣的說法推算而來，本王當是萬死不足以彌補過錯了。那些在戰場上戰死的兄弟，皆是因為我沒有將他們保護好，連性命也讓他們丟了。」

「自然不能怪王上！」墨方抬頭，「能斬此妖獸皆是王上的功勞，怎還可責怪……」

沈璃一聲嘆息，聲音柔和下來：「所以，起來吧。也沒人可以責怪你。」

墨方眼眶微熱，他咬緊牙，在地上輕輕一磕，卻久久未抬起頭來。

「王上不明……是墨方不能原諒自己。」清醒之時，得知沈璃重傷昏迷，他慌亂奔來，見她一身是血，氣息微弱得幾乎無法察覺，他……

墨方聲音極小：「因為受傷的是妳，所以，我才不能原諒自己。」

恍然間聽到這麼一句話，沈璃倒抽一口冷氣，愣愣地盯著墨方：「墨方你……你不會……」

「王上已在墨方心裡……住了許久了。」

自殺敵得到第一個榮譽以來，她幾乎沒有像普通魔界女子一樣穿著打扮過。以前看見別的女子，她心裡尚會有所感觸，但自打穿了一次繡裙被群臣以驚駭的眼神打量之後，沈璃便再也沒碰過女人的那些東西。是以今日被人表白，她竟比看見厲鬼還要愕然。「……你莫不是……毒入腦髓，整個人不好了吧？」

「墨方很清醒。」像是要把心剖開給沈璃看看一樣，墨方直言道：「墨方喜歡王上，我喜歡沈璃。」

沈璃一口氣憋在胸腔裡，險些吐不出來。但見墨方一直俯身未起，沈璃眉目微沉，肅容道：「不行。」墨方抬頭看她，但見沈璃正色道：「這件事情不行。我要你肅清感情，把這些念頭連根拔起。這是軍令。」

墨方又默默地頷首磕頭：「得令。」

帳內一片靜默之際，帳外忽然傳來尚北將軍慌亂的呼喊：「啊……行止神君，現在別進去……」

「為何？」說這話時，一隻修長的手指挑起門簾，門簾拉開。沈璃定睛一看，逆光之中，白衣人正扭過頭和背後的人說話，曳地長袍在灰撲撲的魔界顯得過於累贅，但正是這份累贅，讓來者多了魔界之人不會有的清高之氣。

「這個……這個……」尚北將軍透過縫隙看見了營帳裡跪著的墨方與躺在床上的沈璃，他無奈一嘆，「算了，沒事。」

行止緩步踏進營帳內，沈璃呆呆地望著他，腦海裡驀地闖進她昏迷之前看見的那道白色身影，她以為是她的幻覺，原來竟真的是「行雲」。

「你……」

尚北將軍忙進來將墨方從地上扶起，抓著他的手才感覺到他手心全是冷汗，一片冰涼。尚北將軍心裡一聲輕嘆，轉而對沈璃道：「王爺，這是天外天的行止神君，特來加持墟天淵封印的。」

「行止……神君？」沈璃掙扎著要坐起身，行止上前一步輕輕按住她的肩頭。「傷口會裂開。」

「你有沒有去過人界？」沈璃問：「你認不認識行雲？」

行止給沈璃拉好被子，聲音冷淡：「不認識。」他將沈璃的手腕從被窩裡拿出，輕輕扣住她的脈搏，半晌後道：「氣息平穩了許多。」

沈璃靜靜地望著他，四目相對，行止淺笑道：「早聞碧蒼王驍勇善戰，而今一見，這一身英氣確實令人佩服。只是再好的底子也禁不起王爺如此折騰，還請王爺為了魔界，保重身體。」

一番客套話說得如此動聽。沈璃眨眼，收斂了眸中情緒，神色沉靜下來：「有勞神君。」

他不是行雲。

他的五官比行雲多了幾分英氣，身材也比行雲高大一些，這一身透骨的清冷也是行雲不曾有過的。行雲性子寡淡，但對人對事皆有分寸禮節，而這人，從他不請而入的行為來看，必定是常年橫行霸道慣了。

「而且，接下來我還要在此處待一段時間，千年未曾來過，不知此地有何變化，我得先將此處地形勘探清楚，方能進入墟天淵加持封印，彼時尚得勞王爺為我帶路。」

聞言，屋內三人皆是一怔，尚北將軍道：「神君若要人領路，軍中有熟悉周邊地形的將士可以效勞。王爺如今身受重傷，恐怕得靜養些時日。」

「將軍不必憂心，王爺的身體我自會為她調理，不出三日，她便能活動自如。帶路一事對她並無妨害，多活動一下也有利身心。」

墨方眉頭一蹙：「在下願替王爺為神君領路。」

行止的目光這才悠悠然地落在墨方身上，他定定地望了他一會兒，倏地一笑：「不，我就要她帶路。」見墨方拳頭一緊，行止脣邊的弧度更大。

沈璃忙道：「如此，這三天便有勞神君了。」

「就這麼定了。」

走出沈璃營帳，尚北將軍將墨方送去旁邊的營帳。行止獨自在軍營中散步，轉過一個營帳，忽見一個小兵正驚惶地望著他，他一琢磨，轉頭看了小兵一眼，小兵拔腿便要跑。

「站住。」行止揚聲喚住他，小兵便像被定住了一般，沒有動彈。行止走到他身邊，在他腦袋上輕輕一拍。「忘掉。」

小兵腦海裡驀地閃過一個畫面，他進王爺營帳收拾東西，卻見白衣人在王爺床頭坐著。

「好累……」

「歇歇吧，」白衣人用手摸了摸王爺的腦袋，「已經沒事了。」

察覺到有人進來，白衣人轉過頭，食指放在嘴脣上，發出輕輕的「噓」聲。然後身影漸漸隱去，直至王爺醒來，大喝：「等等！」

小兵一睜眼，見白衣人在他面前走過，他腦子裡有些模糊的印象，卻什麼也記不得了。他撓了撓頭，心感奇怪，但又說不出哪裡奇怪，只有目送白衣人離去，這才想起來，自己應該去王爺營帳裡打掃了。

行止拆下沈璃手臂上的精鋼夾板，在她的穴位上按了按，正治療得專心，忽聽沈璃問：「你說千年前你在這周圍留下了四個東西做墟天淵的二重封印，但常年在這周圍巡查的將士並不知道有這幾個東西。你記得大概把它們放在什麼方位了嗎？」

「嗯，一個在山頂，一個在湖底，還有……」行止一邊答話，一邊放開了沈璃的手，「手臂動一動。」

沈璃坐在床榻上乖乖聽從行止的指揮，先彎了彎小臂，然後掄胳膊轉了幾圈，身上竟沒有哪一處地方感到疼痛，這樣的恢復速度讓她感覺驚訝。若是往常，如此重傷至少也得恢復半個月，而行止只用了三天，便真的將她治癒了。

「嗯，看來是沒有大問題了。」他抓住沈璃的手掌，沈璃下意識地一抽，行止不解地看她，沈璃這才輕咳一聲：「作甚？」

行止輕笑：「威武如碧蒼王，竟還會害羞嗎？」他不客氣地抓住沈璃的手，然後十指相扣，淡淡道：「只是想檢查一下妳左手的細小關節罷了。妳用力握一下我的手。」

沈璃聞言猛地抬眼，望了行止一眼，但見他神色如常，沈璃又垂下眼眸，然而卻半晌也沒有使勁，行止奇怪：「何處不適？」

「沒……」沈璃揉了揉眉心，「只是怕一用力，把你手捏碎了。」

這下倒換行止一愣，轉而笑道：「王爺盡可放心大膽地捏，碎了我自己賠就是。」

這話彷彿點醒了沈璃一般，她這才想起，坐在她面前的是天外天的行止神君，擁有不死之軀，哪兒是那個輕輕一捏就會死掉的凡人行雲。儘管心裡一遍又一遍地告訴自己，這是不同的兩個人，但看著相似的面龐，還有這偶爾露出來的像極了的笑，沈璃真是太難控制自己的思緒了。

心頭一惱，沈璃手掌用力。

「嗯，好了。」行止幾乎立即道：「恢復得很好。」他抽回手，道：「如此，王爺收拾一下，今日下午便領我去四周走走吧。」

「下午就去？」

「晚上也可。」

「不，就下午吧。」

又……不知不覺地被他壓制了，沈璃覺得，這個行止神君當真太難纏。

「這附近只有軍營南方那一座高山，雖然這些年已不管什麼用，但先前幾百年卻是它阻礙了瘴氣往魔界其他地方流去。今天出來得晚，有湖的地方來不及去，我們便先去山中看看吧。」沈璃拿著將士給她畫的地圖，認真地給行止指路。

行止卻在她身後不停地鼓搗衣袍。沈璃按捺住脾氣，道：「神君，今日先去山裡看看吧。」

「嗯。」行止抓住拖地的衣襬，指尖一動，過長的衣襬被割斷，行止隨手一扔，潔白的綢緞隨著帶瘴氣的風慢慢飄遠，「走吧。」

沈璃的目光追隨著那片雲錦綢緞，一時沒有轉過來。在魔界，那樣的衣料即便是魔君也穿不了，而在仙界，這樣的東西卻是別人隨手丟棄之物，沈璃轉頭，看行止一身雲錦綢緞做的白袍，即便是在魔界待了幾天，也未見它有多髒。據說斬殺蠍尾狐那天她暈倒在行雲身上，抹了他一身血漬，他也不過是沾水擦擦便乾淨了。

想著戍守邊境的將士那一身骯髒，沈璃眼眸微垂，這樣的不公平，還真是讓人如鯁在喉呢。

見沈璃未動，行止奇怪，問：「怎麼了？」

「沒事。」沈璃搖頭，接著一言不發地走在了前面。

下午時分，山中已是霧氣氤氳，加上瘴氣常年不散，即便是白日，這裡在五步開外也已經無法視物。沈璃一邊在前面看著地圖找方向，一邊用手折斷擋路的枯枝，儘管那些枯枝在瘴氣的侵蝕下已經脆弱得一碰就碎。

「此處離營地近，但是離墟天淵卻比較遠，將士不常來這個地方，對這裡不大熟悉，所以地圖也只畫到了半山腰。這裡瘴氣漫天，就算我們直接飛上去，也根本看不到可以落腳的地方，所以上山的路我們還得自己尋一下。」沈璃說完這話，背後半天沒有人應聲，她心感奇怪，回頭一看，背後只有朦朧霧靄，哪兒還有行止的身影。

她一愣，眨巴了兩下眼睛。據說這神君來魔界的時候便找錯了路，現在……莫不是又走失了吧？

「行止神君？」沈璃沿著來時路往回找去，「神君？」

沒往回走多久，沈璃忽覺周遭空氣微微一變，氣息流動莫名變快。她又尋了幾步路，一陣清風颳過，吹散遮眼濃霧，白衣仙人從彼方緩緩踏來，他走過的地方霧靄盡散，被瘴氣籠罩了數百年的山林似被新雨洗過，雖仍不見綠葉，但空氣卻已清新。

沈璃愣愣地望著他，看那一身白衣在氣息流動之下輕輕飛揚，反射著魔界稀有的光芒，映入沈璃眼底，讓她心裡那些陰暗的情緒也隨之消失無跡。

這就是……上古神啊。

與天生好鬥善戰的魔族不一樣的神，不管再汙濁的空氣也能滌蕩乾淨……

翻飛的衣袂從她身邊擦過，行止向前方走出兩步，回過頭來看她：「該走哪邊？」

沈璃一眨眼，這才回過神來，剛想將手裡的地圖拿起來看看，但被腳邊一個東西猛地一撞，手一滑，地圖隨風一轉，飄下山，消失在下方的霧靄之中。沈璃欲一躍而下，卻覺腳被什麼東西拖住，低頭一看，一頭頭上長了四個耳朵的小野豬咬著她的腳脖子，雖沒傷到實質，但這一耽擱，卻讓她再也找不到那張地圖。

她心頭邪火一起，彎腰提著小野豬蜷著的尾巴，狠狠在它屁股上揍了兩巴掌。「礙事的東西！」

小野豬極為狂躁地在她手上亂動，一雙猩紅的眼睛盯住沈璃，對她嘶叫。行止眉頭一皺：「牠被瘴氣汙染，已化為魔物，把牠放下，我來將牠燒了。」

「沒必要。」沈璃手臂一甩，那頭小野豬便被她扔下山，伴著一串驚慌失措的尖叫聲，沒了蹤跡。「這些年魔界受瘴氣影響而化為魔物的東西多了去了，只是牠們多是動物，攻擊性不強，一般百姓也能對付。」沈璃憑著記憶找到剛才走的那條路，一邊往上爬一邊道：「在這種山裡活下來也不容易。就牠而言，也沒做出什麼壞事來，就這樣殺掉牠，未免太不合理。就算牠以後做壞事，也要等做了之後才能罰。」

行止微怔，打量著沈璃的背影。「碧蒼王竟也有這般善良心性啊。」他眸中情緒微微沉澱下來，隨著沈璃走了一段路，才道：「依我的習慣，倒是喜歡在麻煩變大之前，就將牠控制住。」他頓住腳步，目光沉沉地盯住沈璃。

「那樣的話……」沈璃側過頭瞥了他一眼，並沒有留意到行止眼底的情緒，她脣角一勾，笑意中透露了天生的自信與不羈，「日子不是太無聊了嗎？」

行止沉默了一瞬，倏地笑道：「是挺無聊的。」

越往山上走，沈璃越找不到方向，眼瞧著天快黑了，沈璃不由得有些煩躁起來。行止卻道：「有月華相顧，自是更好。」他邁的步子像在自家後院散步一樣，沈璃見他如此，也不好催促，只有和他一起慢慢在荒山上晃蕩。

不知不覺走到天黑，穿過一條枯樹叢生的山路，沈璃眼前豁然一亮，頭頂的月亮又大又圓，讓她驚訝得不由得微微張開了嘴。在魔界，已有多久沒看見過這樣的月色了？

「山頂，爬上來了。」行止自她後面走上前來。一襲白衣映著月光，在沈璃漆黑的瞳孔裡照出了清晰的輪廓。他慢慢走向前，停在一棵巨大的枯樹前。

沈璃這才看見，山頂這棵大樹與別的樹不同。它雖已枯敗，但有的枝杈尖端還有樹葉在隨夜風而舞，簌簌欲落。

行止將手放在樹幹上，枯樹好似發出了哭泣的聲音，樹幹顫動，連大地也與它一起悲鳴。行止垂下眉眼，半是嘆息，半是安撫道：「辛苦你了。」白光自他手掌處蔓延開來，灌入枯樹，順著它的根系進入大地。沈璃幾乎能看見那些光華在自己腳下流過的痕跡。

土地微顫，彷彿喚醒了山的神識，瘴氣被蕩盡。沈璃站在崖邊往山下一望，這才發現，他們下午走過的路被光芒照亮，像是一道字符，印在山體上。

月光、枯樹，還有這不明字符連成一線，貫通天地，散盡霧靄與瘴氣。

原來，從一開始他就計算好了啊，下午出發，在山上畫出封印字符，藉著月華之力，清除山上瘴氣，喚醒封印之物。如此周全的安排，他卻沒有透露半分。

這人……

「碧蒼王。」行止忽然在樹下對她招了招手。沈璃心中帶了絲戒備走上前去，卻見他踮起腳尖，從樹上摘下一片剛長出來的新葉遞給沈璃，笑道：「魔界長出來的葉子。」

沈璃愣愣地接過，觸摸到這微微冰涼的葉面，心頭不知是何感觸，魔界的葉子，這新綠的顏色多麼有生氣。真想讓魔界的小孩以後能看到這樣的葉子。她目光一柔，脣角弧度微微勾起。過於專注撫摸葉子的沈璃沒有看見，身旁男子的眼神也隨之柔和下來，望著她，無聲地彎了彎脣角。

「要去樹上坐一會兒嗎？」

沈璃一呆：「可以嗎？」她有些小心地指了指樹幹，不大敢觸碰它。

「不會碎掉嗎？」

行止被她逗笑：「碎了我賠就是。」

他將沈璃的腰一攬，兩個人坐上粗壯的樹幹。月華照進樹葉還沒長密實的樹冠中，沈璃瞪大眼看著枝杈和新葉慢慢長了出來，不由得感慨：

「真美妙。」她道：「它們像在唱歌。」

聞言，行止順手摘了一片葉子放在脣邊，一曲悠揚的調子自他嘴裡吹出。沈璃驚喜地回頭，望著行止，見他吹得那麼輕鬆，便也將手裡的葉子放在嘴邊，學他吹起來。可她一用力，口中氣息將葉子猛地吹出，那片新葉如利箭一般脫手而出，逕直射進土地。

「呵！」樹上音樂一停，沈璃愣然，轉頭看他，然後眼睛瞇了起來。

「神君，你是在嘲笑我是嗎？」

「不，我是覺得，」行止望著夜空笑道：「今夜月色太好。」

山裡清新的風吹到軍營中，破開瘴氣，讓眾將士仰頭看見了天上的明月。軍營中響起此起彼伏的驚嘆，有人扶著傷兵出了營帳，這一輪明月是多少人求而不得的。

白石壘起來的練兵臺上，墨方靜靜坐著，一雙眼睛盯著那印了字符的山，神色沉靜。

「給。」一壺酒驀地扔進他懷裡，尚北將軍翻身躍上練兵臺，在墨方旁邊坐下，「傷者不宜飲酒，所以給你兌了點水，哈哈。」

墨方拿著酒壺晃了晃。「我不喝酒。誤事。」

「喝不喝都拿著吧。」尚北將軍仰頭灌了一口酒，轉頭看了墨方一眼，「你可是還覺得行止神君欺負了小王爺？」墨方不答話，尚北笑道：「那神君脾氣著實奇怪，不過，你看看，感受一下那方清淨的氣息。今日去的若不是王爺，即便換作你我，只怕也早被那樣的清淨之氣淨化得腿都軟了吧。」

墨方點頭，他豈會想不通這個道理，即便當時想不明白，現在看了這輪明月，感受到了這徐徐清風，心裡也明白了行止神君的考量。但墨方在意的並不是這個，而是……

「呃，不過說來，這月亮都出來這麼久了，正事也該忙完了吧。神君和小王爺怎麼還不回來？」

墨方握緊酒壺，沉默地拔開塞子，喝了一口悶酒。有了第一口，緊接著便有了第二口、第三口，直到臉頰升起紅暈。尚北將軍覺得差不多了，他嘿嘿一笑，眼珠轉了又轉，心裡一遍又一遍地提醒自己說話要委婉，但一開口卻是一句直愣愣的：「你到底喜歡小王爺什麼地方啊？」言罷，他便抽了自己兩個嘴巴子。

而此時微醺的墨方卻只愣愣地望著明月，似自言自語地呢喃著：「什麼地方？沒什麼地方不喜歡。」

尚北將軍聞言一怔，撓了撓頭：「這可真是糟糕。」

天空中一道白光適時劃過。落在主營那邊。墨方忙起身走去，繞過營帳，但見行止將一片樹葉從沈璃頭上拿下，沈璃不客氣地從他手裡將葉子搶過，道：「改日我定吹出聲音給你聽聽。」

行止一笑：「靜候佳音。」他轉身離去。沈璃也不留戀，轉身欲進帳，但轉身的一瞬，眼角餘光瞥見了一旁的墨方，沈璃腳步一頓，揚聲喚道：「墨方。」

墨方眉目一垂，走過去，沈璃卻靜了一會兒，道：「我此次出來魔君並不知曉，不如你先回王都，將此間事稟報魔君，順便也早點回去養傷。」

是……支他走的意思嗎？墨方單膝跪下，頷首領命：「是。」

沈璃張了張嘴，本來嗅到他身帶酒氣，想囑咐他，受傷不宜飲酒，但現在這樣的情況，她還是什麼都不要對他說比較好吧。她一轉頭，回了營帳，只留墨方在那處跪著，許久也沒有起來。

翌日，沈璃在軍營陣地外目送墨方一行人離開。她心中嘆息，這千百年來好不容易碰見一個喜歡自己，還有膽量來表白的，只是碰見的時機不對啊。她若是喜歡一個人，定要將所有都給那個人才是。以後會變成怎樣沈璃不知道，但她現在心裡還裝著行雲，儘管行雲已經不在了，她也沒法去喜歡別人，因為那樣，既對不住自己先前那番心意，又對不住別人現在這番情誼。

而且……沈璃額頭一痛，無奈嘆息。不是還有個拂容君嘛。

沈璃仰望澄淨許多的天空，心頭不由得輕快了一些，今天再帶著行止神君去另一個封印的地方，這裡的空氣就會變得更好，將士的心情也會跟著好起來吧。她脣角一勾，倚著籬笆抱起了手，覺得自己已經好久沒有這麼期待去做一件事了。

可直等到日上三竿，行止才踏著慵懶的步子緩緩而來。沈璃按捺住脾氣，道：「神君可知現在是什麼時候了？」

行止並不接她的話，反而輕聲問：「葉子吹響了嗎？」

沈璃臉色一僵，想到昨晚被自己吹得炸開了的綠葉，她輕咳一聲，道：「先辦正事。昨日你說了兩個封印的地方，山頂我們已經去過了，今日便去湖底吧。這附近只有西面才有湖，昨日山頂的淨化已讓視野清晰了許多，咱們駕雲過去便是。」

「嗯。」

今日這一路倒是來得順暢，只是到了湖邊，沈璃不由得皺了眉頭。這湖水常年吸納瘴氣，已變得混濁不堪，與其稱湖水，不如叫泥潭。行止像沒看見這水骯髒的模樣，轉頭道：「我們下去吧。」

沈璃一愣，愕然地抬眼望他：「下去？」她立即搖頭：「不了，將士平日裡巡查也沒下去過。沒有下面的地圖，我也找不到路，幫不了你。神君自行下去就是，我在岸上等著。」

行止笑問沈璃：「王爺可會鳧水？」

沈璃天生與水犯沖，與水相關的法術她一概不會，鳧水自然也是不會的，行雲院裡那麼小個池塘都差點將她淹死，更別提這一湖什麼都看不見的泥水了。沈璃不大習慣將弱點暴露在人前，但此時也只好扶額承認：「不會。」

「避水術呢？」

「不會。」

行止點頭，沈璃乖乖地往後退了一步，卻聽行止道：「如此，我牽著妳便是。」

「咦？」沈璃怔然，「等等……」哪兒還等她拒絕，行止不過手指一掐，沈璃眼前便一片黑暗，但她卻能聽見耳邊「咕嚕嚕」冒水泡的聲音。知道自己現在在水裡，沈璃心頭一緊，掌心傳來另一個人的體溫，此時什麼依傍也沒有的沈璃只好緊緊握住行止的手，她憋著氣，渾身僵硬。

「不用這麼緊張。」行止淡淡的聲音從前面傳來，「和在地面上一樣呼吸就好。我的避水術還不至於被妳吹破。」

沈璃聞言，嘗試著吸了一口氣，察覺當真沒有水灌進嘴裡，她這才鬆了一口氣，放心地呼吸起來。然而消除緊張之後，沈璃心頭升騰起的卻是遏制不住的怒火。「你真是蠻不講理！」

「鬆手的話避水術就沒用了。」

聞言，即便心頭還有邪火，沈璃也乖乖地將行止的手緊緊握住，嘴裡還不滿地喝道：「這下面一片漆黑，你拖我下水有何用？讓我上去！」

「因為一個人走會害怕。」

一句輕描淡寫的話從前面丟過來，噎得沈璃一時不知該如何接。她哽了好半天才腹誹道：老人家一個人在天外天活了不知道多少年了，這天上天下什麼風浪您沒見過！湖水還會讓您害怕嗎！您逗我玩呢！

但想起昨日山上那道字符，沈璃心道，這人必定是心裡早有計畫，拖她下水必有原因。她就此揣了個心眼，接下來的一路走得無比戒備。但直至行止停住腳步，輕聲說：「到了。」這一路來什麼也沒發生。

沈璃心裡正奇怪，忽見前方亮光一閃，她定睛一看，一個形狀奇怪的石像正閃著透藍的光，而行止的手掌放在石像的頂端。他輕輕閉著眼，口中念叨著沈璃聽不懂的咒文，四周的水皆在顫動震盪。忽然間，那石像上掉落了一片塵埃，露出裡面透明的晶狀體，晶瑩的光閃得沈璃眼睛微微刺痛。緊接著，掉落的塵埃越發多了起來，整個石像徹底蛻變成了一根堅固的冰柱！

隨著行止力量的注入，沈璃覺得周遭的水溫慢慢變得寒冷起來，而冰柱之中似有水在攪動，忽然之間，水流衝破冰柱頂端，逕直往上沖向湖面。清澈透亮的水從柱子裡面不斷湧出，讓漆黑黏稠的湖水逐漸變得乾淨透亮起來。

沈璃仰頭，望著頭頂逐漸透過湖水照進湖底的陽光，心裡難得一片恬靜澄澈。這不斷湧出的新泉像是澆在了她的心上，洗滌了所有猜忌和戒備。

「以後湖裡會有魚吧？」

「自然。」

她回頭看行止：「不是還有兩個封印嗎？在哪裡？趕快找到它們吧。」

「另外兩個封印，更不用著急了。」行止輕輕拍了拍冰柱，像是安撫，他牽著沈璃轉身往回走，「一個就在軍營之中練兵臺下的土地裡，一會兒回去妳讓將士避讓一下，便可加持封印；另外一個便是牽引著墟天淵的精鋼鎖鏈了，那鏈條就在墟天淵前。」

原來，他都記得這些東西在什麼地方……沈璃一琢磨，呢喃：「山頂的是木，湖底的是水，營地中是土，墟天淵前是金。五行有其四。」她皺眉：「還有火呢？五行不齊，那麼大的二重封印可加持不了。」

行止一笑：「待處理好另外兩個，我自會尋有『火』的地方而去。王爺無須憂心，行止既然來了，便會還這邊境一個清淨。」行止轉身欲走，不料衣服後襬卻被冰柱鉤住，他下意識地鬆了沈璃的手去拉扯衣服，待回過頭來，看見沈璃正挑眉望著她自己的手心，繼而眼神一轉，神色微妙地打量他。

行止一愣，搖頭笑道：「暴露了。」他本以為沈璃又得對他一頓喝斥，哪承想一抬頭，卻對上沈璃愣然的目光。行止微微收斂了脣邊的弧度，一邊往前走，一邊道：「回去吧。」

依行止所言，剩下的兩個封印，其中一個在營地中練兵臺下的土地裡，是鎮地獸的石像。她讓營中將士皆退避至營外三里地處，自己也欲離開時，行止卻招手讓她留下：「加持這個封印有些費時，而且不得中斷，妳在旁邊給我護法，別讓人來打擾我。」

「將士都退到三里地外了，還有誰敢來打擾你……」沈璃張了張嘴，這話卻嚥到了肚子裡。她沉默地在一旁站著，靜靜看著行止將手放在鎮地獸的腦袋上，與之前兩個封印一樣，光華頓起，腳下土地顫動。而這次沈璃卻沒有注意周遭的變化，只盯著行止的側臉打量，漆黑的眼睛裡不知沉澱了什麼情緒。

乾燥如沙漠的土地漸漸溼潤，有小草自各個營帳的角落慢慢長出，漸漸地，四周空氣變得潔淨。然而與之前兩次不同的是，沈璃並未感覺心中輕快多少，反而有種快被這清淨之氣抽空力氣的感覺。

只是這感覺只出現了一瞬，沈璃也並未在意。待行止施術完畢，她淡淡收回目光，轉身往前走。「去墟天淵吧，待此事處理完畢，我也該回朝領罪了。」

行止望著她淡然離去的背影，目光微凝。

沈璃並未真正到過墟天淵前，上次斬殺妖獸的地方離墟天淵也還有一段距離。所以，當沈璃仰頭看見延伸至天際的巨大黑色縫隙時，不由得愣了神。濃郁的黑色瘴氣自縫隙中不斷湧出，然而三個封印已被重新喚醒，壓制了外溢的瘴氣，使其在湧出之後極快地消失。但即便如此，這裡的瘴氣仍舊讓靠近的人心中沉悶，可想而知，在封印被喚醒之前，這裡的情況有多惡劣。

墟天淵與依靠自然力量鑄就的雪祭殿不同，乃是從這個世界撕裂出來的另一個空間，是由她身旁這人，以一己之力撕出來的巨大囚籠，裡面囚禁的是比蠍尾狐要強大數倍乃至數百倍的妖獸怪物。

沈璃目光微沉，稍稍一轉，見身旁的人一步踏上前來。瘴氣颳成的風撥亂他的衣袍與髮絲，但卻亂不了他眉宇間的堅定與淡然。

真的是……一模一樣。

沈璃倏地失神，但見行止仰望天際的臉上，眉頭微微一蹙。

沈璃敏感地問：「怎麼了？」

「沒事，只是此處比我預想中要糟糕一點。」行止上前兩步，右手往前一探，五指慢慢收緊，「不過也無妨。」他話音一落，只聽「唰」的一聲，一道光亮自土地中竄出，猛地鑽進行止的掌心。

沈璃定睛一看，那竟是一條布滿鏽跡的鎖鏈，那鏈條一端被行止握住，另一端卻還連在土地之中。行止口中念動咒文，手腕輕輕一動，鎖鏈上鏽跡盡褪，鏈條緊繃，沈璃聽見自地底傳來轟隆隆的聲音，巨大的黑色縫隙兩邊也有鏈條轉動，瘴氣流出受阻。沒了瘴氣阻礙視線，沈璃這才看見那縫隙其實不過兩尺來寬，且在鎖鏈的拉動之下慢慢變窄。

忽然之間，墟天淵之中傳來一聲極為刺耳的嘶吼。沈璃心頭一緊，手一探，紅纓銀槍霎時出現在手中。她一心戒備，卻聽行止不慌不忙道：「別急，牠們出不來。」

話音未落，裡面又傳來了此起彼伏的嘶叫聲，伴隨著巨大的撞擊聲，震動墟天淵的縫隙，令大地震顫不斷。沈璃幾乎感覺到其中洩漏出來的洶湧殺氣，夾雜著被囚禁千年的仇恨，欲要衝出來將行止殺而後快。

沈璃眉頭緊皺，緊握紅纓銀槍的手用力到泛白。忽然，行止手中鎖鏈一抖，妖獸嘶吼的聲音中好似夾雜了一個人聲，先是極小，模模糊糊讓人聽不清楚，待行止口中吟誦咒文，鎖鏈周遭閃耀起極為刺目的白光，墟天淵中傳來的顫動也越發劇烈。

沈璃的心跳不由自主地跟隨著那顫動加快，而那個人聲像是破開封印衝了出來，在她耳邊嘶叫著：「吾必弒神！吾必弒神！」

其聲淒厲亂人心弦，似一道魔音，鑽進沈璃的耳朵裡，不停地在她腦海裡迴響，使她頭痛欲裂，即便沈璃再逞強，此時也不由得一手扶住額頭。她閉上眼，待再一睜開時，瞳孔中泛出一片猩紅，心底好似被人撩起了洶湧的殺氣，欲尋一處戰場痛痛快快地廝殺一場，渴望鮮血來沖刷心頭的騷動……

行止的白衣翻飛，他一眼也沒往身後看，只面不改色地吟誦完最後一句咒文，將鎖鏈一鬆，攜著熾白光芒的鎖鏈被拉扯著縮進土地。緊接著，縫隙兩旁的鎖鏈上光芒一盛，裡面妖獸的嘶吼近乎尖叫，卻在這最吵鬧之時戛然而止！

與此同時，一道清明之氣也倏地闖進沈璃體內，其力蠻橫，不似先前那幾道封印一般使人如沐春風，而是逕直在沈璃胸口一沉，撞掉她方才莫名湧起的嗜殺之意。逼得沈璃硬生生吐出一口黑血，血落入地，竟如沸水一般升騰出一股白氣，消失不見。

清風一過，萬籟俱寂。

巨大的縫隙也合得只有兩指寬，天空澄澈，若是不留意，根本發現不了這便是封印數千妖獸的墟天淵。

沈璃愕然：「這是……」

行止從衣袖中掏出一條白巾遞給沈璃：「汙穢之氣。」

沈璃怔愣地接過白巾，握在手裡，看了好一會兒才放在脣邊，擦乾了自己嘴角的血漬。她抬眼看行止，卻見他已行至墟天淵前，探手輕撫縫隙旁的鎖鏈。「妳先前與蠍尾狐爭鬥，被其吞入腹，身染瘴氣，因妳本是魔族中人，所以極易被瘴氣侵蝕。我重塑封印之時也可清除妳體內瘴氣。」

「所以，非要我帶路不可嗎？」沈璃恍然，她定定地望著行止，目光一沉，「只為如此？」

「嗯，只為如此。」

沈璃沉默。行止回過頭來望著沈璃，聲音輕淺道：「屬火的封印在墟天淵中，王爺體內瘴毒已除，不用再跟著我進去。自可回營地整頓軍隊，待此次事畢，我自會回天界。至此，不用再勞煩王爺了。」

風在兩人之間橫過，吹掉了沈璃手中的白巾。她直勾勾地盯著行止，抱拳，聲音淡漠而疏離：「多謝神君此次幫助魔界。」言罷，髮絲在空中甩出了漂亮的弧度，她毫不猶豫地轉身離去。

因為沒回頭，所以她不知道行止目送她走了多遠。

是夜，明月朗朗，沈璃在營帳中收拾了一番，正準備躺下，忽見簾外有人在來回踱步，她揚聲喚道：「進來。」外面人影一頓，終是掀簾進帳，尚北將軍看見沈璃，心裡想著要委婉，但話語還是脫口而出：「小王爺，妳就這樣把行止神君放走啦？」

沈璃淡淡看了他一眼：「神君要走，又豈是我能攔得住的。」

「哎呀！」尚北將軍悔得跺腳，「早知如此，我早該和神君說說的！」

「怎麼？」沈璃一聲冷嘲，「不過幾天時間，你竟是看上了行止神君不成？」

話一出口，沈璃被自己駭得一怔，尚北將軍也跟著一怔，而後撓頭道：「小王爺說話倒越發令人驚異了。尚北豈敢有那份心思啊。不過是覺得如今王都也備受瘴氣困擾，若能請得神君去王都走一遭，即便是不施法除瘴氣，也能讓王都乾淨些時日啊。」他搖頭嘆氣：「我本還想帶媳婦瞧瞧月亮的。」

沈璃默然。

待尚北將軍走後，沈璃忽然睡意全無。她獨自走出營帳，在軍營裡逛了幾圈。明天，自王都來的將士要班師回朝，眾人皆捨不得這清風明月，大都在營帳外坐著，或閒聊，或飲酒，暢想魔界若處處有此景該多好。

沈璃只靜靜地從他們身邊走過，心裡琢磨著行止應該已經離開魔界了吧。

走出軍營，她仰頭望著明月，不知是怎麼想的，心中一個衝動竟直奔墟天淵而去。

此處氣息已乾淨了許多。若不是兩排鏈條在黑夜中發著微弱的光亮，沈璃幾乎都要看不見那條細窄縫隙。

行止已經走了吧。伸手觸碰上那條鎖鏈，沈璃覺得她約莫是有了什麼毛病，明知無人，卻還巴巴地跑了過來。她自嘲一笑，剛欲抽手離去，縫隙裡飄出來的風晃動了她的髮絲。

沈璃一怔，鼻尖嗅到了奇怪的氣息。她眉頭一皺，抬頭望向縫隙中的黑暗處，又是一陣風自裡面吹來。

這氣息……很熟悉。

沈璃正凝神回憶，忽然之間，一隻眼睛出現在縫隙之中。沈璃一驚，身子欲往後退，但腳踝卻像被抓住了一樣，任她如何掙扎也逃脫不了。那隻眼睛裡流露出極為濃烈的情緒，似高興，似瘋狂。

沈璃的戰鬥經驗是極為豐富的，除去初始那一瞬的驚訝，她立即穩住心神，掌心光華一過，銀槍映著月光在她手裡一轉，毫不猶豫地朝縫隙中的眼睛扎去。

可出人意料的是，沈璃這一槍卻並未落到實處，反而像扎進了沼澤地裡，待她要將槍拔出，卻覺得裡面有股大力緊緊拽住了銀槍。

沈璃咬牙，正欲動用法力，可腳下拖拽的力度忽然加大，沒容沈璃呼喚一聲，便將她整個人拖了進去。

微風拂過，墟天淵的縫隙外，什麼也沒留下。

第八章

花名遠揚的拂容仙君

黑暗中有細碎的聲音一直在耳邊嘈雜作響，無論沈璃是捂住耳朵還是閉了五感，那道聲音像是無孔不入的怪獸，在她腦海中，慢慢撕咬她的理智。

「閉嘴。」沈璃終是忍不住喝斥道：「閉嘴！」

「殺……」僅這一個字，時而高昂尖細，時而低沉陰狠，在她眼前慢慢化作猩紅的血液，舞出她在戰場上廝殺敵人的模樣。胸腔中炙熱的火焰燃起，沈璃眼底一熱，紅光乍現。忽然間，一股涼意卻自她心脈中湧出，淌遍四肢百骸，像那隻陽光中的溫暖手掌輕輕撫摩她的腦袋。

「咯咯噠，妳怎麼就那麼暴躁呢？」

暴躁？她在那個小院已收斂了太多脾氣……

「沈璃。」

一聲呼喚讓沈璃猛地驚醒。她睜開眼，在一片漆黑的背景之中，行止那身白衣便顯得越發醒目。她望著他愣了一瞬，接著立馬回神打量四周，蹙緊眉頭問：「這可是在墟天淵中？」

行止一笑：「王爺聰明。」

「你……神君為何還在此處？封印……」

「封印倒是重塑完了，不過是被幾隻妖獸的法術束住了腳步。」行止直言不諱，「這幾日重塑封印花費了不少力氣，不經意間讓牠們鑽了空子。墟天淵中瘴氣瀰漫多年，我一時擺脫不了牠們的法術，索性便在這裡逛逛。」

被妖獸困在這麼個瘴氣瀰漫、不見天日的地方，對他而言不過是換了個散步的地方嗎……沈璃本還想問他可有受傷，但聽完此言，頓覺自己任何憂心都是多餘的。

行止淺笑著望向沈璃：「王爺也起了興致想在墟天淵中走走？」

沈璃扶額：「不，我沒那興致。不過是……」她話音一頓：「不過是和將士正好巡邏到此地，我稍微走近了些，被這裡的一股怪力給拖了進來。」

「喔。」行止以手托腮，琢磨了片刻，「竟然還能將妳拖進來。這群妖獸倒是越發有趣了。」

這叫哪門子的有趣啊！

沈璃適時沉默了一瞬，上下打量了行止一眼。「神君如今可有法子從中脫身？不瞞神君，明日我便要隨尚北將軍回朝，若是早上他找不到我，必定會以為我又是……」她心頭一嘆，「以為我是逃婚走了。彼時又少不了一陣慌亂。」

「現在出不去。」行止扭頭，緩步往前走。一片漆黑的世界之中，別說東西南北，便是連天地也分不清楚，但行止的腳步卻踏得沉穩，好似他走過的地方便是堅實土地，無意之中便給了沈璃一個方向。

沈璃果然順著他的腳步往前走，略有些焦急道：「神君，我當真沒與你玩笑。這墟天淵中又不知時日多少，或許待咱們出去，尚北將軍已經等不及，班師回朝了，回頭他向魔君稟報我逃婚，我又得挨一頓責罰。」

真做了這事被罰沈璃也就認了，但這麼莫名其妙地被罰，確實太讓人委屈了一點。

行止轉頭正色地看沈璃：「我像是在說謊嗎？」

沈璃亦是正色道：「神君說謊時從來不像說謊。」

行止神色更為嚴肅：「這次當真出不去。」

「逗弄人很好玩嗎？」

「好玩。」看見沈璃額上青筋一跳，行止終於忍不住輕輕一笑，轉而問：「妳為何總是覺得我在騙妳呢？」

「你難道不是總是在騙我嗎！」沈璃厲聲指控道：「找不到路要人領，避水術放手會失效，還有什麼護法，件件事都是在騙人不是嗎！」

行止一眨眼：「妳如此一說，倒好像是那麼回事。」他淺笑：「不過這件件事不都是為了清除妳體內瘴毒嘛！小王爺怎還不知感恩啊？」

沈璃深吸一口氣，遏制住心頭邪火，平靜道：「多謝行止神君相救之恩，所以，咱們出去吧。」

行止一聲嘆息，終是拗不過沈璃，伸出手將寬大的衣袖挽上。沈璃定睛一看，這才發現行止的手臂竟不知被什麼東西咬出了一排血肉模糊的印記。黑色的瘴氣自傷口中竄出，顯得極為可怖。沈璃微微吸了一口氣，抬頭望向行止，他將衣袖放下，無奈搖頭道：「妳看，本不想拿出來嚇妳的。」

「這是……」

「在處理火之封印時，不慎被妖物所傷。牠們想擾我清淨之力，以圖封印力量變弱。」行雲道：「但牠們不知，如今封印既成，我即便是死在這裡，封印也不會消失。除非再過千年。」

沈璃微怔，聽他解釋：「墟天淵是一重封印，然而如此大的一個封印，即便是神力也不足以支撐多久，所以我便隨自然之力，取五行元素，成二重封印。二重封印之中，我又取火之封印置於墟天淵中，使兩重封印相互融合，一則，令欲破封印者無論是從外還是從內，都無法瞬間破除封印，為守護封印的人贏取反應時間；二則，令一重封印依靠山水土地汲取自然之力更為穩固長久。然而自然之力卻並非取之不竭之物，千年歲月已耗盡此處靈氣。故而我前來加持此處靈氣，得以讓封印之力更強。」

「在重塑封印之後，這裡便是以天地靈氣為依託，行自然之道，鎖盡瘴氣。」行雲晃了晃手臂，「所以，在傷口癒合之前，我出不去。至於妳……我本已將妳體內瘴毒除去，但這墟天淵中處處皆是瘴氣，魔族的身體本就沒有淨化能力。很容易便會附上瘴氣，雖對妳無甚影響，但封印也是不會讓妳出去的。若是我無傷，尚可助妳驅除瘴氣，帶妳出去。至於現在嘛……」

反正就是要等到他傷好才能離開嗎……沈璃眉頭一皺：「這傷，幾時能好？」

行止輕描淡寫地說：「很快，逛兩圈就好了。」言罷，他似想到了什麼，笑咪咪地盯著沈璃：「別怕，若是遲了，回頭我便與妳一同去王都，向魔君解釋清楚就是。定不叫他冤枉妳、罰妳。」

他手一抬，像是要去拍沈璃的腦袋，然而方向一轉，卻只是拍在沈璃肩頭，安撫似地笑了笑。

沈璃怔怔地看著他抽手離去，想要憋住，但終究還是沒憋住心裡的話，對著他的背影脫口問：「神君會不會……在哪一天睡覺的時候，讓神識化作人，在下界過活一輩子？」

行止腳步未停，悠閒地在前面走著。「或許會吧。」察覺沈璃沒有跟上來，行止轉頭看她，「怎麼了？」

沈璃直勾勾地盯著他，倏地一笑，三分諷刺，七分自嘲：「沒事，只是神君……偶爾會令我想起故人。」

「是嗎？」行止繼續悠閒地往前走，「與我相似之人，可當真稀少呢。」

「可不是嘛。」

黑暗之中寂靜了許久，前方白色身影向前走著，像是永遠也不會停下腳步一樣。「碧蒼王。」他忽然道：「於人於物，太過執著，總不是什麼好事。」

沈璃眼眸一垂：「沈璃，謝神君指點。」

沈璃落後一步，走在行止的後方，卻失策地發現，於這一片漆黑之中，根本沒有景色可以讓自己的注意力從行止身上挪開。無論是衣袂擺動的弧度，抑或髮絲隨著腳步飄散的方向，都成了她僅有的可以注目的地方。

「但聞王爺先前曾逃婚而走。」行止忽然開口問：「可否告知我，為何不願接受這門親事？」

提及這個話題，沈璃的眉頭立即皺了起來，冷哼道：「都快被牆外人摘禿了的紅杏樹，敢問神君想要嗎？且身為天君三十三孫，一個男子活了也有千百年了，一沒立過戰功，二沒參與政事，淨學了些糟蹋姑娘的本事！若此人是沈璃的子孫，必剮了他，為魔界除此一害！」

聽她說得這麼義正詞嚴，行止不由得掩唇一笑：「拂容君還沒有那麼不堪，他並非只會糟蹋姑娘……」

未等行止說完，沈璃便燃起了更大的怒火：「不管他是什麼傢伙，我與他素不相識，何談嫁娶！若不是神君亂點鴛鴦譜，本王豈會落到那步田地！本王還沒問你，為何給我指了門這樣的親事！」

「因為……」行止仰頭不知望向何方，「感覺挺相配啊。」

「啊……啊……啊嚏！」天宮中，正在撒了花瓣的浴池中泡澡的拂容君莫名打了個噴嚏，旁邊隨侍的僕從立即遞上面巾道：「仙君可是覺得水冷了？」

拂容君擺了擺手道：「去給我拿點吃的。」身旁的僕從應了，剛走到門口，木門便被大力撞開，另一個僕從驚慌地從外面跌跌撞撞地跑進來。

「仙君！仙君！」

拂容君連忙喝斥：「站住！一身的土！不准髒了本君的沐浴聖地！」

僕從只好站在屏風外躬身道：「仙君，方才有魔界的人來報，說從墟天淵中跑出來的妖獸已經被那碧蒼王給斬啦！仙君您可不知，小的聽說，那碧蒼王猩紅著眼，一槍便扎死了那天宮般巨大的妖獸啊！然後還生吞了妖獸的肉！吃得一身的血啊！」

拂容君駭得一張臉青白，忙扯了池邊的衣服將周身一裹，光著腳便跑到屏風外，拽著僕從的衣襟，顫聲道：「當真？」

「千真萬確！」

「準……準備！還不給本君準備！本君要去面見天君！」

據說當日拂容君在天君殿前哭號了大半天的「孫兒不想死！」，最後，卻被天君的侍從硬生生從天君殿拖了回去。

是夜，拂容君猛地自床上掙扎而起。「不成！」他道：「我得去魔界親眼看看，再不濟……再不濟也不能洞房花燭那天慘死於新房！」

黑暗之中不知時間如何流逝，沒有方向，沒有目標，也不知行止說的「兩圈」到底要走多遠，沈璃不由得心頭有些焦躁。她幾次欲開口詢問行止，但見他腳步一直悠閒，若再三詢問，豈不顯得碧蒼王太過沉不住氣……

沈璃不由得又嘆了一聲，她覺得，好似在行止面前，她越發地進退失據，來硬的他不接招，軟的……她不會……

忽然，一陣疾風自她耳邊擦過，四周殺氣登時濃烈至極。沈璃面容一肅：「有妖獸。」

行止卻是淡淡一笑：「終於等到一個沉不住氣來找死的。」

沈璃聞言一怔，還未反應過來這話的意味，忽聽一聲嘶叫震顫耳膜，她下意識拿了銀槍要往前衝。行止一拂袖，攔住她，玩似地轉頭問她：

「想看看墟天淵長什麼樣子嗎？」

沈璃愣神，墟天淵……不就是長了一副什麼都看不見的樣子嘛……她心裡還未想完，見行止掌心一道白光閃過，極亮的球自他掌心飛出，直直往前方撞去。只聽一聲撞擊的巨響，白光炸開，刺破黑暗，讓沈璃看見了被一擊撞碎的妖獸，也讓她看見了自己的四周——無數陰狠的眼睛！

那些奇形怪狀的妖獸，蜷伏在四面八方，冷冷地盯著他們。有的微微咧開嘴，露出被光芒照亮的森冷尖齒，有的吐著長長的舌頭，縮在別的妖獸身後，目光陰森狠戾。牠們皆沒有發出任何聲響，像是動物捕獵之前的死亡寂靜，看得人心弦緊繃。

即便是沈璃，見此場景也不由得駭得寒毛微豎，她強迫自己冷靜下來，待白光隱去，四周又恢復黑暗，她問：「一路走來，你都知道這些妖獸一直在盯著我們嗎？」

「自然知曉。」

他的語氣還是那般淡然。沈璃心下沉默。殺一隻蠍尾狐費了她那般大的力氣，而這人談笑間便奪了一隻妖獸的生命，且能在這種地方悠閒自如地散步，撇開神明力量不談，這傢伙還真是……奇葩。

「碧蒼王。」行止走了兩步忽然轉頭看她，「這裡的氣息讓妳感覺陰森膽寒嗎？」

「不然呢……」

「所以，」行止面容一肅，「待此次出去之後，休要再一人靠近這墟天淵。」

沈璃一怔，行止忽然握住她的手腕，一股清明之氣從她掌心竄入身體之中。沈璃能感覺到身體裡有什麼東西在往外溜走，而行止受傷的那隻胳膊也散出了黑氣。不消片刻，行止道：「閉氣。」

沒有半分猶豫，沈璃閉緊氣息，周遭的妖獸不知是察覺到了什麼，忽然嘶叫著一起向他們撲來，沈璃只覺得腦袋微微一暈，那些刺耳的嘶吼被盡數甩在身後。待回過神來，她覺得眼前一亮，涼涼的月光灑在地上，她仰頭一看，行止的側臉逆著月光，輪廓越發分明，他呼吸有些急促，額上掛著兩滴冷汗。

沈璃愣愣地問他：「不是說……逛兩圈嗎？」

「呵。」行止抬手揉了揉額頭，「妳這次倒聰明，知道兩圈沒走完。」

「你又騙我？」

「不，帶著瘴氣出不來是真的。只是，方才那種情況若再不出來，恐怕便再難出來了。所以我便動了點手腳，施了個法。」他氣息不穩，「只是此法有些傷神。容我歇歇……」

他鬆開沈璃的手，扶著額頭自顧自地往前走了兩步。沈璃怔然地看著他，被他握過的手腕經風一吹，有些涼意，竟是方才他掌心的汗浸溼了她的手腕。

沈璃這才恍然了悟，這幾天又是重塑封印，又是被妖獸所傷，即便是神，也有點吃不消吧。而且他手臂上的瘴氣定不簡單，所以先前他才沒有自己驅除，察覺到那些妖獸群起而攻之的意圖，他迫不得已才施法除去瘴氣，強行從墟天淵中逃出。

沈璃用另一隻手覆蓋住被他握過的地方，原來，這麼厲害的神也是會因受傷而難受的。原來……行止神君也愛逞強啊。

待沈璃與行止走回軍營，軍營中營帳的數量已少了許多，留守的將領舉著火把前來，見到他二人，他怔然道：「神君，王爺……你們這是……」

「出了點事。」沈璃一筆帶過，「尚北將軍人呢？」

聽沈璃一提，守將忙道：「王爺妳可消失了五天啦！尚北將軍以為妳又……又跑了。他在這裡著人尋了些時日，沒有尋到，所以他就趕回去向魔君請罪了。」

沈璃嘆息，果然……

行止問：「他們何時走的？」

「昨日剛走。」

行止略一沉吟：「大部隊行程慢，還帶著傷兵，更走不快。我們興許還能比他們早些到王都。」

沈璃道：「現在便回。」話音一落，她看了行止一眼，接收到沈璃的目光，行止只笑了笑：「王爺不必憂心。行止還沒有那般不濟。」

沈璃一默，點了點頭，也不多言，逕直駕雲而去。行止也登雲而上，跟在後面。

地面上的守將目送兩人飛遠，問一旁的小兵：「……三子，是我多心感覺到了什麼嗎？」

小兵道：「副將，我也多心了……」

行止與沈璃自然比大部隊要走得快許多，是以他們回到都城之時，凱旋的將士還未到。但街頭巷尾卻難得地掛起了討喜的彩旗，沈璃在雲頭看見民間的旗子，欣慰道：「每次出征，最愛帶著勝利而歸的時刻，看著他們掛出的彩旗和大家歡呼著的笑臉，我才知道自己做的事情那麼有意義。」

行止微怔，望著她揚起微笑的側臉，也不由得彎了眉眼。「嗯，王爺有抱負。」

看見自己的府邸，沈璃道：「我這一身太髒，直接去面見魔君太沒禮數，我先回府沐浴一番，神君可要先行進宮？」

「我……」他剛開了個頭，忽聽下面一聲女子的淒厲號哭：「王爺！王爺！妳回來呀！」

沈璃眉頭一皺，往下一看，只見肉ㄚ拎著水桶，哭著從客房裡跑了出來，趴在地上便開始痛哭。沈璃忙落下雲頭，走到肉ㄚ面前：「何事驚慌？」

肉ㄚ一抬頭，看見沈璃，一雙圓滾滾的眼珠呆呆地盯著她，好似不相信自己看見的一樣，沈璃皺眉：「怎麼了？」

肉丫扔了桶，雙手將沈璃的腰緊緊一抱，哭道：「嗚嗚！王爺！有妖獸！老是欺負肉丫！」

但聽「妖獸」二字，沈璃只覺得心頭一緊，還沒來得及問話，忽聽「砰」的一聲，客房的門被大力推開，一個渾身冒著熱氣，只圍了條棉布條在褲襠處的男子怒氣沖沖地跑了出來。

「死丫頭！燙死本君了！看本君不剝了妳的皮！」

話音一落，一陣涼風吹過，散去男子眼前的霧氣，他望著院子裡多出來的一男一女，一時有些怔神。沈璃也望著他被燙得紅通通的身子微微瞇起了眼：「你是何人？」

男子靜默，院裡只有肉丫抱著沈璃不停抽泣的聲音：「王爺，王爺……」

知道了眼前女子的身分，男子通紅的臉漸漸開始發青。其時，一件白色外衣倏地將他罩住，行止淡淡笑道：「拂容君，天君可是未曾教導你，要穿好衣裳再出門？」望著行止臉上的笑，拂容君不由得背後猛地一寒，他忙退回屋裡，甩手關上門。

院中再次靜了下來。沈璃僵硬地扭頭望向行止：「他？拂容君？天孫？」

看見行止垂了眼眸，輕輕點頭。沈璃嘴角一抽，默然之後，她拎起肉丫的衣襟，滿面森冷：「這種東西為什麼會住進王府？」

肉丫淚流滿面：「肉丫也不想的啊！可……可這是魔君的命令！肉丫也沒有辦法啊！嗚嗚！」

放開肉丫，沈璃揉了揉自己的額頭，聽她聲淚俱下地說道：「王爺說什麼『閉關』，明明就是自己跑了。後來宮裡來人，把變成王爺模樣的噓噓從床上抓起來，抖了兩下噓噓就變成鳥了，他們把噓噓帶走，說再也不還回來了。嗚嗚，肉丫好傷心。後來，又聽說拂容君要來魔界，魔君安排他這段時間住在王府裡，讓肉丫伺候他。可他好難伺候！吃飯老是挑剔，氣得廚子不肯幹了。他又愛隨手扔東西，張嫂也不幹了。所有事情都讓肉丫來幹，連洗個澡，也要一會兒冷了一會兒熱了地叫喚，嗚嗚，這麼麻煩的人，王爺你打死他好不好呀！」

「放肆！」門再次拉開，拂容君怒道：「什麼奴才竟敢這麼說話！」沈璃把肉丫一攬，往身後一護，冷眼盯著拂容君：「我的丫頭便敢如此說話，拂容君有什麼不滿，沈璃聽著。」

拂容君想到她生吃妖獸的傳聞，不由得嚥了口唾沫，移開了眼神：「我就是……說一說。」

「拂容君下界沈璃不知，先前冒犯了，但且容沈璃問一句，拂容君在天上好好的日子不過，為何要到我魔界來找不痛快？」她言語冰冷，表達直接，毫不掩飾心裡的輕蔑，「難道你不知，前些日子沈璃逃婚失敗，現在對你……很是看不慣嗎？」

彷彿有殺氣扎到肉裡，拂容君默默往後退了一步，這傢伙……他一頭冷汗直流，這傢伙果然不是能娶回去的女人啊！

若說拂容君先前還對沈璃僥倖地存著一絲一毫的幻想，此時便是幻想盡滅。他清了清嗓子，強撐著場面道：「本……本君只是聽聞魔界因墟天淵中妖獸逃出，瘴氣四溢，所以好心來為魔族之人驅除瘴氣。王爺怎能如此……」他一頓，換了個委婉的詞道：「不客氣！」

沈璃眼睛一瞇，上下打量了他一番，一臉陰柔之氣，穿著花稍，連頭上紮的髮髻也用了閃瞎眼的金龍玉簪，當即一聲冷笑：「仙君說笑呢。本王這叫不客氣嗎？本王這是徹頭徹尾的鄙棄！」

拂容君除了常常被他那皇爺爺嫌棄以外，數遍九十九重天，哪個仙人敢這樣和他說話，他當即一惱，揚聲道：「妳什麼意思！妳瞭解我嗎？妳憑什麼這麼打心眼裡看不起我！妳是不是以為本仙君沒本事？我告訴妳！別的本仙君不敢說，若要論淨化這一本事，除了行止神君，這天上天下誰比得過我？妳信不信我把妳……」

「別吵了。」行止忽然插進話來，他淡淡地望著拂容君，「仙君此次到魔界，天君可知曉？」

拂容君看了行止一眼，不大自然地撓了撓頭。這個神君雖然表情一直淡淡的，偶爾還會露出溫和的笑容，但拂容君一與他說話，便會下意識地皮肉一緊，拂容君規規矩矩地答：「自是告訴了天君的。皇爺爺還讓我在這裡多待些時日，幫幫魔族百姓。」

藉口，不過是想讓他與沈璃發展感情！

在場的人誰不知道這背後含意，但卻都懶得戳破。

沈璃揉了揉額頭，心道接下來的一段日子只好與拂容君待在這同一屋簷下了。忽然，身後的行止正經道：「如此正好，今日天色尚早，拂容君方才也沐浴過了，一身清明，是個造福百姓的好勢頭。」他指了指院門：「仙君快些出門吧。」

「啊？」拂容君愣然，沈璃也微感訝異地望向行止，明知造福百姓不過是個託詞，神君這是……沈璃了悟，在欺負拂容君啊。

「方才來時，我見都城東南角瘴氣稍顯濃郁，拂容君今日不妨去那處看看。」他點明了地方，讓拂容君騎虎難下，拂容君唯有點了點頭，認命道：「好的，神君……」

待拂容君走後，沈璃不由得問：「他可是……得罪過神君？」

「王爺何出此言？」

「沒……只是覺得，神君好像在欺負他。」

行止但笑不語，沈璃也不便再問，讓肉丫去準備熱水，便回房沐浴去了。

待得小院無人，行止隻手揉了揉眉心，自言自語地呢喃：「我只是……看見他就忍不住來火氣。」一聲嘆息，行止低低一笑：「這到底是怎麼了？」

沈璃收拾好自己，一身清爽與行止入了魔宮。其時，尚北將軍快馬加鞭緊急報來的摺子正放在魔君的桌子上。看完尚北將軍寫的內容，魔君還沒來得及將青顏與赤容叫來，便聽見門外有侍者通報道：「君上，王爺和行止神君來了。」

魔君聞言一愣，將摺子合上放到一邊，默了一會兒才道：「進來。」

房門被推開，魔君理了理衣袍起身相迎：「行止神君大駕光臨，魔族有失遠迎，還望神君恕罪。」

「魔君客氣了。」行止一笑，「我此次下界，本只為重塑墟天淵封印而來，不欲叨擾魔君，只是碧蒼王需要一個證人……」

他往後一望，沈璃立馬行了個禮，解釋：「魔君，沈璃此次當真沒有逃婚！我去邊境，只是為了斬殺妖獸。本來是打算與尚北將軍一起回歸，但……遇到了意外。」

魔君看了沈璃一眼：「人既已回來，此事便不必多言。且先前我已聽墨方說過，妳此次立了戰功，便當妳將功補過，違背王命之事，我也不追究了。」

沈璃心頭一喜，她雖自幼膽大，但心裡還是對魔君有些敬畏，此時知道逃過一劫，垂下腦袋，難得稍稍露出了小孩一樣偷得了糖沾沾自喜的模樣。

行止見她如此，不由得目光一柔。

魔君的目光靜靜掃過兩人的臉頰，而後開口：「神君遠道而來，不如在魔界多待些日子，以讓魔族盡地主之誼。」

「如此，我便叨擾些時日。」

魔君點頭，揚聲喚來一個侍者，著他在宮裡布置一下行止神君的居所，話剛起了個頭，行止便截斷道：「魔界之中，我目前只與小王爺最是熟悉，不如讓我住在王爺府裡，她也正好領我看看魔界的風土人情。」

沈璃一怔：「可以是可以……」

銀色面具後的眼睛在行止身上停了許久，最後道：「如此，便這麼定了。眼下我想與璃兒講點家常話，神君可去偏廳等她。」行止點頭，侍者領著他往偏廳走時，他腳步頓了頓，聽魔君對沈璃問：「傷呢？」

「沒大礙了。」

「拂容君下界，我令他也住在你府上，多了兩人，可要再添奴僕？」

「約莫不用。對了，魔君，可否將我那隻鸚鵡還我？」

「拿回去吧，吵死人了。」

掩上房門前，行止微微側頭一看，沈璃正撓頭笑著：「是有點吵。」她渾身放鬆，毫無防備，眼眸深處含的是對對面的人極其信任與依賴的感情。這一瞬行止忽然想，能讓沈璃這樣對待……那也不錯。

房門掩上，魔君耳廓微動，聽見行止的腳步漸遠。他忽然靜了一瞬，語調微轉：「此次去邊境，見到墟天淵了嗎？」

沈璃一怔，想到墟天淵中那一片黑暗，以及白光刺破黑暗之後周遭那些妖獸，心中的情緒倏地一沉。「見到了。」她沒說自己進去過，因為不想讓魔君擔心。

「裡面的瘴氣對妳有無妨礙？」

沈璃搖頭：「行止神君已幫我清除過了。」

魔君若有所思地點了點頭，他望了沈璃一會兒，像是下定了什麼決心一般，轉身往裡屋走去。「隨我來。」

行至書桌旁邊，魔君打開桌上的一塊暗板，手指在裡面輕輕一按，腳下氣息忽然一動，沈璃定睛一看，竟是一個法陣在她腳下打開。她愣然抬頭，魔君手一揮，沈璃只覺四周氣息湧動，而在這氣流洶湧的風中，沈璃的鼻子卻捕捉到了一絲詭異的氣息，帶著幾分熟悉和幾分森冷，就像……在墟天淵前嗅到的一樣！

她心中戒備剛起，周圍的風卻是一停，沈璃往四周張望，此處是一個寬大的殿堂，正中間鋪就的白玉石磚通向殿堂正中。那裡有一個祭臺，祭臺上空供奉著一個盒子。

沈璃問：「此處是？」

「祭殿。」魔君說得輕描淡寫，可是沈璃卻從來不知魔界有這樣的祭殿，也不知這裡供奉的是什麼東西，而且……這祭殿的入口竟是在魔君房裡擺的法陣？

魔君探手扶上自己的面具，微微將它鬆下，然後慢慢放下。他臉色蒼白，脣色微微泛青，像是久病未好的模樣，一雙黑眸在蒼白的臉上出奇地有神，而這……卻是一張女人的臉。

「璃兒。」她輕聲喚道，嗓音也已恢復成女子的聲調。

沈璃沒有半分驚異，顯然是知道她這副模樣的，只乖乖上前，看了她一眼道：「魔君許久不曾取下面具，我都快忘了妳的面容了。」

魔君瞥了沈璃一眼，沒理會她的打趣，牽著她的手一步一步走上祭臺，然後打開祭臺上懸空的小盒子。

「這是妳的東西。」魔君說著，從中取出一顆晶瑩剔透的珠子，「碧海蒼珠，妳含著它出生，然而此物力量強大，對當時的妳來說是個負擔，所以妳娘央求我將此珠取走，而我怕有人起邪心打珠子的主意，便對外稱它已化為妳體內氣息。轉而將此珠存放於此，待到日後妳需要之時再給妳。」

沈璃愣愣地接過珠子，她早知道自己出生時含著一顆珠子，但卻一直以為那珠子已被自己吞掉消化了，卻沒想到竟是被單獨拿來，在這種神祕的地方放著。

剔透的珠子帶著微微灼熱的溫度，沈璃輕聲問：「我娘……也見過這顆珠子嗎？」

「自然。」

沈璃的目光忽地迷離起來，她父母皆在千年前對抗妖獸的那場戰役中犧牲，她是在戰場上生下來的孩子。從小便不知父母長什麼樣，只有魔君偶爾興起，給她隻言片語地描述一下。

沈璃將珠子拿在手中看了又看，這是她為數不多的與親娘有過聯繫的東西啊。

「吞下去。」

「嗯？」沈璃一愣，「要吃掉嗎？」

魔君見她一臉不捨，倏爾笑道：「安心，它自會在你身體裡尋找一個安生的地方，不會被消化掉的。」

「可是……」沈璃點了點頭，她緊緊盯著珠子，「還是捨不得，這溫度，像是從娘親身上帶來的……」

魔君垂下眼眸，目光微暗：「是啊，你娘親的掌心總是溫熱。」

行止在偏廳中閒逛了一會兒，忽地在簾後發現了一個籠子，裡面關著一隻奇怪的生物，他走近一看，那竟是隻被拔了毛的鸚鵡。或許是被拔了有些時日，牠身上的毛微微長了一點出來，但就是這半長不短的毛，讓牠看起來更是醜極了。

行止圍著牠轉了兩圈，鸚鵡忽然爪子一蹬，怒道：「看什麼看！看什麼看呀！走開！走開！」行止怔愣，沉默了一瞬，然後捂住了唇，笑得微微彎起腰。噓噓更是憤怒：「有仙氣了不起啦！了不起啦，神仙！討厭死了，神仙！」

「你便是碧蒼王府上的鸚鵡？」行止忍著笑意道：「好霸氣的鸚鵡。」

「你在嘲笑我啊，神仙！真討厭的神仙！走開啊，神仙！」

行止拍了拍籠子，收斂了笑意，一聲嘆息：「是我害了你。」

噓噓腦袋轉了兩轉，倏地大叫：「是你害了我呀，神仙！是你害了我呀，神仙！」牠吵個不停，行止本不打算管牠，但忽聽沈璃的腳步聲往這邊而來，他對噓噓道：「噓，別吵了。再吵就露餡了。」

「你害了我呀！你害了我呀！」噓噓哪兒聽他的話，一直在籠子裡跳來跳去地叫。

耳聞沈璃的腳步聲更近，行止對噓噓高深莫測地一笑，脣邊輕輕吐出兩個字：「閉嘴。」

叫聲戛然而止，噓噓的喙像是被黏上了一樣，任憑牠怎麼努力也張不開，只急得在籠子裡亂跳。沈璃適時一步踏進偏廳，往簾後一找，看見了行止和噓噓，道：「老遠便聽見噓噓在叫，走近牠倒還安靜了。」

行止笑道：「或許是叫累了吧。」

「神君欲在魔界待多久？」沈璃拎著噓噓，在回府的路上問：「有個大致的時間，沈璃也好安排。」

行止琢磨了半晌：「嗯……如此，我與拂容君一同回天界便是。」

聽到這個名字，沈璃便覺一陣頭疼，小聲嘀咕道：「明天走就好了。」

沈璃話音未落，一道身影急匆匆地奔了出來，嘴裡還高聲叫：「王爺！那拂容君又整出事了！」

事情未知因果，沈璃先來了三分火氣：「他出他的事，與我何干？不管！」

「不行啊，王爺！城東酒館是趙丞相家的場子，拂容君在那兒與人家酒娘拚酒拚醉了，沒付錢還輕薄了人家酒娘。他一身仙氣，大家都知道他和王爺的關係，剛才有人找上門讓王爺過去領人，那人才走呢。」

沈璃一邊聽，一邊咬緊了牙。這東西在天界丟他自己的臉便算了，現在跑到魔界來，卻拖她下水，一併把她的臉面也給撕了！

當真該死！

沈璃將手裡的籠子往肉丫懷裡一扔。「拿好，待我去將那禍害給撕了！」

肉丫嚇得臉一白：「王爺這可使不得呀！」

白衣廣袖攔在肉丫面前，行止側頭對肉丫一笑。「安心，我拉得住妳家主子。」

肉丫自幼長在魔界，從沒見過哪個男子能笑得這麼好看，當時便愣住了神，待兩人走遠，這才反應過來，高喊了幾聲「王爺」，但卻沒人理她，肉丫這才低聲道：「我忘了說，方才墨方將軍在府裡坐著呢，他已經跟著那人去處理了……」

沈璃沒聽見肉丫這話，自然，帶著火氣而去的她也沒料到竟會看見墨方。

其時，墨方冷著一張臉將爛醉如泥的拂容君從桌子上拉起來，酒館的酒娘卻是個潑辣性子，並不害怕墨方一身輕甲和他腰間的那把長刀，高聲道：「雖說我是做陪酒生意的，但好歹也是個女子。不是我矯情，這客官確實做得太過分了！光天化日的，這都是些什麼事啊！」

拂容君應景一般地抬手高呼了一句：「小娘子再喝一杯，嗯，膚如凝脂……」

沈璃拳頭一緊，面色黑青，可她還沒出聲，另一道喝斥的聲音卻炸響。「夠了！」墨方拎著拂容君的衣襟，黑眸如冰，「你的名聲本與我無關，但休連累我王上聲譽。」

這話撞進沈璃耳中，聽得她一怔，握緊的拳頭微鬆，呆愣之後，她心頭倏地升起一股無力感……明明她已經那般對他。

便在眾人皆被墨方這話唬住時，拂容君忽然不要命似地抬起頭來，望著墨方一笑，一隻胳膊極為輕佻地挽住墨方的脖子。「嗯，此處小倌也長得甚是英俊。雙眸如星，有神。」一語評價完畢，他一噘嘴，「啵」的一聲親在墨方的臉上。

那聲輕響像是波浪，在所有人心頭蕩過，在寂靜之後，掀起驚濤駭浪。

四周一片驚惶的抽氣聲。

即便是沈璃，此時也不由得愣然地張開嘴，僵硬地轉頭看向身後的行止：「拂……拂容君，確實不止那點糟蹋姑娘的本事。他連男子……也不曾放過！」沈璃指著拂容君道：「你們天界好山好水，卻養出了什麼怪物？」

行止亦是看得頗為驚嘆，摸著下巴打量了拂容君許久，點頭道：「王爺問倒我了，行止亦不知，此乃何物。」

而身為當事者之一的墨方，在長久的呆怔之後，逕直一記手刀砍在拂容君的後頸上。拂容君兩眼一翻，暈了過去，墨方極為淡定地一抹臉，環顧四周。「此事，若有人說出，我必割其舌，飼餵牲畜。」然而話音未落，墨方的目光忽然掃到了站在酒館外的沈璃與行止。

他的身形微不可見地一僵。

沈璃是想扭頭當作什麼都沒看見，給墨方留個顏面，但四目已經相接，她唯有面容一肅，淡然地走上前，裝作一副什麼都沒看見的模樣，正色道：「給你添麻煩了，我將他帶回去就是。」

墨方一垂頭：「這是墨方該做的，墨方來就好，王爺……」墨方面上再如何淡定，心裡卻還是起了波瀾，這話說了一半，便不知該如何接下去，唯有一扭頭，提著拂容君，擦過沈璃身旁，快速離去。
待他身影消失，酒館裡的人慢慢開始竊竊私語起來。
沈璃眉目一沉，掃視四周：「噤聲。」
她這一身打扮和氣勢唬得眾人靜了下來。
「此事不得外泄。」沈璃在魔界享譽極高，魔族之人對她也極是尊重，既然聽得碧蒼王發話，大家便都靜了下來。她緩步走向酒娘：「妳有何冤，來與我說。」
「沒……」酒娘語塞，「已經沒了……」
「妳莫怕。」沈璃尋了凳子坐下，「一事歸一事。方才那醉鬼找了妳的碴，妳一五一十列好，我必幫妳把這委屈給找回來。」她不能打死他，但是，等到欺辱魔族子民、橫行市野之事被報上天宮，自會有人打死他。
離開酒館，沈璃將酒娘寫的書信折好遞給行止，道：「那拂容君嬌生慣養，約莫待不了多久便要回去。此事我也不想稟報魔君，以免……傷及無辜。」這無辜，自然說的是墨方。天君遠在天宮，只要讓他知道自己孫子做的混帳事就行了。而魔君便在此處，他要是細問下來，怕是瞞不住，彼時讓墨方多尷尬。「所以帶信一事，唯有勞煩行止君了。」

行止將信捏在手中，沉默了一會兒：「即便我帶了這封信上去，天君也不會收回成命，取消婚約。王爺何不放他一馬？好歹也是妳註定要嫁的人。」

「取消婚約？」沈璃一笑，「神君想多了。自打被魔君從人界帶回來之後，沈璃便沒有逃過這場婚事的想法。」她轉過身，不讓行止看見她的表情，一邊向前走，一邊道：「我只是，單純地想找拂容君的不痛快而已。」

她不想嫁拂容君，也不喜歡拂容君，所以壓根沒想過要讓拂容君變得多好，也沒想過自己嫁給他之後能過得多好。她只是想在自己還能肆意妄為的時候，能活得更隨興一些。

「而且……」沈璃腳步一頓，聲音微肅，但卻仍舊沒有轉過頭來，「天君不會取消婚約，是因為他不能。而能取消婚約的……」她側頭看了行止一眼：「神君何不放我一馬？」

行止垂眸沉默。

當天晚上睡覺的時候，沈璃覺得渾身燥熱。她只當是吞了那顆珠子第一晚會有些不適應，一晚叫肉丫送了四壺水，喝完了還是口渴。第二天清醒之後，口乾舌燥的感覺雖減輕了不少，但頭卻開始隱隱作痛。

肉丫憂心地問她：「王爺是不是病啦？」

「妳見我病過？」沈璃一句話將肉丫的擔憂堵了回去，肉丫伺候她穿衣刷牙洗臉。沈璃剛一開房門，便在院子裡看見了來回踱步的拂容君，沈璃立時便皺起了眉頭。

拂容君心中一怵，下意識地往後站了站，但猶豫了半晌還是硬著頭皮道：「妳……王爺可知，昨日扶我回來的那男青年是誰？」

沈璃想起昨日蕩過心頭的那「啵」的一聲，嘴角一抽，道：「作甚？」

「啊……昨日我不是醉酒嘛，我與他回來的時候，走到半路酒醒了些許，興致起了與他對了兩招，他功夫不錯，打到最後我酒醒了大半，興致又起，吟了首詩，不想他竟能隨隨便便接出我的下句！這在拂容舞文弄墨的數百年間可是從沒遇見過的！拂容心生仰慕，想與他多探討探討。」

沈璃一撇嘴，這拂容君原來卻有兩分腐儒氣質。不過想來也是，他在天界眾星捧月地被人侍奉著，敢與他過招，能和他對詩的人當是極少吧，遇見墨方這麼個年紀相近且興趣相投的人，是有幾分巧遇知己的感慨。

只是沈璃沒想到，墨方竟也有那麼高的文采。素日裡行軍打仗的，遇見墨方了，必定是有什麼戰事，他們哪兒來那些時間吟誦風月？所以沈璃沒多少這方面的天賦，自然也沒有注意到墨方在這方面的天賦。

其實沈璃不知，昨晚拂容君與墨方文武一戰，他已經將墨方引為知己，這千百年來好不容易遇見一個能讓他仰慕的同齡人，實在難得。

只是這個同齡人好似不怎麼待見他……

於是，以拂容君的性子自是要想盡方法讓人家待見他。

他向沈璃一攤手：「這是昨晚比武過招時，從他身上掉下來的玉佩，我想去還給他呢……呃，順道說聲抱歉……」

沈璃垂眸一看，他手中正拿著一塊青玉佩，沈璃知道，這是墨方常年掛在腰間的佩飾，腰間的佩飾……為何會落在拂容君手裡，沈璃不由得壞心眼地想到，他們昨天除了比文比武還有沒有幹出其他什麼事……

沒辦法抑制地想到一些奇怪的東西，沈璃覺得自己的腦袋比先前更疼了幾分，正揉著額頭在想要怎麼回答時，一旁肉丫嘴快，道：「這是墨方將軍的東西啊，他就住在三條街對面，不過將軍們好像都有晨練，所以現在或許在郊外營地……」

「閉嘴！」

沈璃一喝，嚇得肉丫一驚，愣愣地望著她，有些委屈和惶然，道：

「肉丫……指錯路了嗎？」

沈璃扶額，拂容君卻歡喜極了，將墨方這個名字來來回回念叨了兩遍，然後對肉丫拋了個媚眼：「小丫頭還是有聰明的時候嘛，本君走啦。」

「站住！」沈璃喝住他，但卻不知道怎麼警告他，若從武力上來說，墨方絕對不會吃虧，但……憋了半天沈璃乾脆一伸手，道：「軍營重地，外人不得入內。玉佩給我，我幫你去還。」

拂容君眼珠一轉，忽然指著沈璃背後一聲大叫，肉丫驚慌地轉頭去看，沈璃也微微分神，可後面什麼也沒有，待她們轉過頭來時，哪兒還有拂容君的身影。沈璃一臉鐵青地站在原地，拳頭捏緊，心中只覺陣陣屈辱，竟被……這種手段給耍了。

肉丫呢喃：「這拂容君真像個小孩一樣呢，以後能照顧王爺嗎？」還指望他照顧？沈璃咬牙切齒道：「若我有子如此，必將其捏死。」

沈璃本打算去軍營裡將拂容君給拎回來，但頭疼更甚，她哪裡也不想去，唯願墨方能護住自己，讓她歇在房裡逗噓噓玩。但不知為何，噓噓今日出奇地安靜，她逗了許久，噓噓只是跳來跳去地在籠子裡蹦躂，並不開口說一句話，沈璃失了興致，索性往榻上一躺，閉眼休息。

歇到中午，她忽覺身邊來了個人，下意識地覺得是肉丫，張嘴便道：「給我點水。」

好一會兒後，茶杯才遞到嘴邊，沈璃懶得動，張嘴由人餵著喝了點水，抿了抿唇，忽覺有點不對勁。她睜眼一看，行止正側身將茶杯放到桌上，回過頭，四目相對，行止輕聲問：「還要？」

不知為何，沈璃看著他微微逆光的臉，像是被蠱惑了一般，又點了點頭：「要。」

行止便又餵了她一杯，不是遞給她，而是將杯子放在她唇邊，靜靜餵她喝了一杯。

沈璃愣然，心中一時各種情緒湧起，最後奪過杯子握在手裡。「我還是自己來吧，不勞神君。」

「身體可有不適？」

沈璃搖頭：「無妨，許是前些日子一直奔波並未覺得，歇下來才發現累，有點嗜睡。」她往窗外一望，發現現在已是午時，忙道：「吃食的話，我讓肉丫去準備。」

「不用。」行止搖頭，「不吃東西也沒事。」

「喔。」沈璃點頭，今日陽光的角度偏得太刁鑽，她險些忘了，行止是神，哪兒還用吃東西。

他和那個善下廚的凡人，不一樣啊。

與鳳行
上卷

作　　者／九鷺非香
執 行 長／陳君平
榮譽發行人／黃鎮隆
協　　理／洪琇菁
總 編 輯／呂尚燁
執行編輯／丁玉霈
美術監製／沙雲佩
美術編輯／方品舒
國際版權／黃令歡、梁名儀
企劃宣傳／陳品萱
內文校對／施亞蒨
內文排版／謝青秀

國家圖書館出版品預行編目資料

與鳳行 / 九鷺非香作 . -- 一版 . -- 臺北市 : 城邦文化事業股份有限公司尖端出版 : 英屬蓋曼群島商家庭傳媒股份有限公司城邦分公司尖端出版發行 , 2023.08
冊 ;　公分
ISBN 978-626-356-906-5 (上冊 : 平裝)

857.7　　112009375

出版／城邦文化事業股份有限公司　尖端出版
台北市 104 中山區民生東路二段 141 號 10 樓
電話：（02）2500-7600　傳真：（02）2500-2683
讀者服務信箱：7novels@mail2.spp.com.tw
發行／英屬蓋曼群島商家庭傳媒股份有限公司城邦分公司　尖端出版
台北市 104 中山區民生東路二段 141 號 10 樓
電話：（02）2500-7600　傳真：（02）2500-1979
劃撥專線：（03）312-4212
戶名：英屬蓋曼群島商家庭傳媒（股）公司城邦分公司
劃撥帳號：50003021
※ 劃撥金額未滿 500 元，請加付掛號郵資 50 元
法律顧問／王子文律師　元禾法律事務所　台北市羅斯福路三段 37 號 15 樓

台灣地區總經銷／中彰投以北（含宜花東）　楨彥有限公司
電話：（02）8919-3369　　傳真：（02）8914-5524
雲嘉以南　威信圖書有限公司
（嘉義公司）電話：（05）233-3852　　傳真：（05）233-3863
（高雄公司）電話：（07）373-0079　　傳真：（07）373-0087
馬新地區總經銷／城邦（馬新）出版集團 Cite（M）Sdn Bhd
電話：603-9057-8822　　傳真：603-9057-6622
E-mail：cite@cite.com.my
香港地區總經銷／城邦（香港）出版集團 Cite（H.K.）Publishing Group Limited
電話：852-2508-6231　　傳真：852-2578-9337
E-mail：hkcite@biznetvigator.com

版　次／ 2023 年 8 月 1 版 1 刷